KB057161

내일은
괜찮아질
거야

어제를 버텨낸 어느 초등 교사가 전하는 오늘의 위로

내일은 괜찮아질 거야

한여름 지음

서사원

이야기를 시작하며

나 같은 사람

　　　　　나는 학창 시절 내내 학교라는 곳에 온전히 동화되지도, 적응하지도 못한 사람이었다. 내성적이고 소심해서 교우 관계도 불안했다. 가끔 누군가와 우정 어린 관계는 맺되 그것이 온전히 진심인 적도 없었다. 학교라는 곳은 나에게 늘 힘들고 불안한 곳이었다. 그러나 이런 내 마음과 다르게 학교는 나름의 시스템과 규율로 빠르게 굴러갔고 나는 그 안에서 허덕이다 졸업하곤 했다. 누군가를 갈망했다. 나를 믿어주는 누군가를, 손 내밀어줄 누군가를, 사랑해주는 누군가를. 하지만 고등학교를 졸업할 때까지 그런 사람은 나타나지 않았다.

　나는 가난한 집의 장녀였고 부모는 나와 동생에게 공부가 살길이라는 말을 종종 하곤 했다. 나와 동생을 위해 하는 말이었지만, 그 말 자체에서 느껴지는 자괴감과 깊은 무력감까지 나에게 전해져 부담스럽기 그지없었다. 은연중에 나는 부모의 미래를 위한 대비책이 된 것 같은 기분을 느꼈다. 나의 부모는 그것을 직접적으로 요구한 적은 없었지만, 주변의 환경은 그렇지 않았다. 친척들은 네가 잘되어서 부모에게 효도해야 한다고 했고 나의 부모 역시 내 시험 성적이 좋은 날 가장 기뻐했다. 어디서도 안정적으로 뿌리를 내릴 수 없었다. 그래서 누군가와 관계를 맺으면 그 관계에 나름의 최선을 다했다. 사라지는 게 싫었기 때문이다. 겨우 얻은 안정감을 버릴 수 없었기 때문이다.

소외된 어린 시절을 보내고 학교를 싫어했던 나는 아이러니하게도 초등학교 교사가 되었다. 스물넷부터 서른다섯까지 나는 수많은 아이와 함께했다. 내가 교사가 되었다는 게 주변 사람들에게는 다행스럽고 축하할 만한 일이었지만, 나에게는 아니었다. 아이들이 싫은 게 아니라 나라는 사람이 가진 역량이 교사가 되기에는 역부족이라 느꼈다. '학교에 다닐 때 행복했던 적이 없는 사람이, 늘 관계에서 힘들어했던 사람이, 어린 시절이 힘겨웠던 사람이 아이들의 유년기를 함께 하는 사람이 되어도 될까….' 스스로에 대한 의심에 허덕이며 오랫동안 약간의 죄책감을 느꼈다.

내가 만난 아이들은 내게 내면의 거울이 되어 주었다. 몇몇은 보기만 해도 피하고 싶었고 몇몇은 안아주고 싶었다. 겉으로 드러낼 순 없었지만 아이들을 만나면서 겪은 마음의 파동은 제각각이었다. 아이들을 마주하며 나를 비춰보고 나서야 나는 진짜 나로 성장할 수 있었다. 그리고 그제야 학교라는 공간이 눈에 들어오기 시작했다.

나라는 사람은 작고 여리다. 어찌 보면 불우한 어린 시절을 보냈고 여전히 내성적이며 약간은 소심하다. 다수와 함께 있기보다는 소수와 깊이 있는 대화를 나누는 것이 좋고 서른다섯이 되어서야 겨우 관계의 중심을 잡을 수 있게 되었다. 나라는 사람을 받아들이고 나서야 나는 내가 교사로서 아이들에게 할 수 있는 것이 눈에 보였다. 모든 아이에게 내가 좋은 교사일 수는 없다. 하지만 적어도, 나처럼 마음이 아팠던 아이들을 알아볼 수 있고 그 아이들에게는 마음을 알아주는 교사일 수 있다. 누구보다 섬세하게 마음을 알아차릴 수 있다. 나 같은 사람도 알고 보니 잘하는 게 있는 사람이었다.

앞으로 이어질 글은 영웅담도 아니고 그렇다고 누군가를 가르치기 위한 이야기도 아니다. 최대한 담담하게 풀어낸 체험기에 가깝다. 내성적이고 소심한, 아픈 어린 시절을 겪어 본 사람이 교사가 된 후 마주한 감정의 파동에 대한 것이며 별것 아닌 통찰들이다. 나를 받아들인 이후에야 알게 된 학교라는 곳에 대한 이야기다.

이 책을 읽는 누군가는 꼭 나와 같은 유년기를 보내고 있을 10대일지도 모른다. 어쩌면 가정에서 '안정적인 직장이 최고!'라는 이야기를 들으며 아득한 하루하루를 버텨내고 있는 누군가일지도 모른다. 그런 사람들에게 이 이야기가 가슴에 닿았으면 한다.

모두에게 도움이 되는 이야기는 아니겠지만, 누군가에게는 분명 위로가 될 것이다.

차례

이야기를 마치며

나의 뿌리, 나의 유년기

어린 시절의 사진

　　　　　　　가끔 어릴 때 앨범을 들여다볼 때가 있다. 내가 가장 아끼는 사진은 사촌 언니와 찍은 사진이다. 사촌 언니가 어린 나에게 뽀뽀를 해 주는 사진. 어린 나는 멜빵바지를 입고 있고 머리칼이 짧다. 볼이 통통하다. 누가 봐도 그 모습은 사랑스러운 아기의 모습이다. 이 사진 한 장으로 나는 큰 위안을 얻었다. 누군가에게 내가 아주 많은 사랑을 받은 적이 있다는 것, 가족에게 큰 축복이었다는 것을 느낄 수 있기 때문이다.

　사랑받았던 순간을 기억해내고 싶다는 것은 이후의 삶에서 사랑을 거의 느끼지 못했음을 반증하는 것이기도 하다. 사실 내가 기억하는 내 유년기와 관련한 감정의 대부분은 불안과 우울이다.

　할머니와 부모님, 나와 동생. 이렇게 다섯 식구가 살던 집은 방 2개에 거실 1개, 화장실 1개가 있던 14평짜리 임대아파트였다. 어릴 때는 할머니와 한방을 썼다. 나는 할머니가 좋았다. 할머니의 방에서는 마음껏 텔레비전을 볼 수 있었다. 하루 종일 텔레비전을 보면서 할머니와 나는 주로 누워 있거나 같이 이야기를 했다. 때론 화투를 치기도 했다. 할머니와 할머니 친구분들이 치던 화투에 나도 저절로 관심을 갖게 된 것이었는데 비슷한 모양을 찾아내고 점수를 계산하는 모든 과정이 재미있었다.

할머니와 시간을 보내는 것이 좋았던 다른 이유는 아빠 때문이기도 했다. 초등학교 다닐 때부터 아빠는 나에게 무서운 존재가 되었다. 뜻대로 삶이 풀리지 않았던 아빠는 어느 순간 늘 지쳐 있고 말이 거친 사람으로 변해 있었다. 엄마와 종종 싸웠고 늘 큰소리를 쳤다. 아빠는 퇴근하자마자 나에게 공부는 했냐고 묻곤 했다. 그때마다 나는 할머니 뒤에 숨었다. 할머니는 무조건 내 편을 들어주었다. 어느 날인가부터 일을 나가지 않는 아빠의 눈치를 보며 나는 작은방에서 공부를 해야만 했다. 아빠는 기분이 내킬 때면 독후감을 쓰게 하고 검사를 하기도 했고 문제집을 확인하기도 했다. 하지만 아빠의 의지는 얼마 가지 못했다. 며칠 못가 검사를 그만두고 친구와 술을 마시거나 일을 알아보러 다녔다. 술에 취한 아빠는 가끔 눈물을 흘렸고 나는 그 눈물이 부담스러웠다. 다가가서 위로를 하기에는 위로를 어떻게 해야 하는지 몰랐다. 그렇다고 그 눈물을 보고 슬프지도 않았다. 그냥 얼른 이 상황이 지나기만을 바랐다.

사실 내가 가장 바랐던 것은 건설 일을 하는 아빠가 먼 곳에서 일하게 되어서 집에 없는 것이었다. 엄마는 말했다. 내가 어릴 때 아빠가 나를 정말 예뻐했었다고. 아주 작았던 나를 배 위에 올려 두고 재우기도 했고 입이 짧은 나를 위해 뭐든 만들어 먹이는 다정한 사람이었다고. 하지만 학창 시절 내내 나는 아빠가 나를 사랑한다는 생각은 하지 못했다. 나 자신을 아빠의 피곤하고 지친 인생에 덧붙여진 짐이라 여겼다. 가끔 스스로도 놀랄 정도로 나는 아빠를 증오했다. 어른이 되어서까지 그때의 감정은 죄책감으로 나를 짓눌렀다. 나에게 공부를 강요했다는 이유로, 돈을 벌지 못했다는 이유로 아빠를 미워해도 되는 것일까. 엄마의 말대로 아빠는 어릴 때의 나를 아주 많이 예뻐했을 텐데.

어린 시절의 사진들을 보면 믿을 수 있다. 내가 아주 많이 사랑받았다는 것을. 하지만 나는 그때가 기억나지 않아서 억지로 믿어야만 했다. 내가 사랑받는 아이였던 적이 있었다는 것을.

성인이 된 후, 한 친구가 지갑 속에 가족사진을 넣어 다니는 것을 봤다. 단란한 네 식구의 모습이었다. 사진관에서 가족사진을 찍은 적이 없는 사람이 드물다는 것을 스무 살이 넘어서야 알게 됐다. 집에 가서 어릴 때 경주에서 찍은 가족사진 한 장을 찾았다. 나와 동생이 앞에 서 있고 아빠와 엄마가 뒤에서 우리 어깨에 손을 올리고 있는 사진이었다. 그 사진을 오려 지갑 속에 넣었다. 나 역시도 보통의 가족이라는 울타리를 가진 평범한 사람이라고 믿고 싶었다.

문제집

　　　　　시험 기간이 되면 나는 늘 새 문제집과 함께 방에 틀어박혔다. 과목별 참고서와 문제집을 한가득 쌓아 놓고 풀었다. 아빠와 엄마는 늘 공부를 강조했다. 공부하지 않으면 엄마와 아빠 같은 삶을 살게 될 거라는 말도 종종 들었다. 성적표에 따라 희비가 엇갈리는 분위기가 숨이 막히게 답답했지만 나 역시 다른 삶을 생각하지 못했다. 나에게는 음악이나 미술, 체육에 특출난 재능이 있는 것도 아니었고 그렇다고 연예인처럼 예쁘거나 끼가 있는 것도 아니었으니까. 나에게 어른이 되는 두 가지 길은 명확하게 둘로 나뉘었다. 공부를 잘해서 잘 사는 어른이 되거나 공부를 안 해서 못 사는 어른이 되거나.

　열흘 정도 아빠와 엄마가 없었던 날이 있었다. 아빠의 수술 때문이었다. 베체트병이 있었던 아빠는 자주 염증에 시달렸다. 그 염증이 눈까지 영향을 미쳐 한쪽 눈을 실명하게 된 것이었다. 수술한 아빠의 간호를 위해 엄마는 열흘 정도 아빠와 병원에 머물렀고 엄마는 자기 전 하루 한 번 나와 통화를 했다. 엄마는 나에게 문제집은 풀었냐고 물었고 나는 엄마의 마음을 편하게 해 주려고 당연히 풀었다고 했다. 사실 미루고 미루다 하나도 풀지 않았다.

엄마가 아빠와 병원에 있는 동안 동생과 나는 실컷 텔레비전을 봤고 마음껏 놀았다. 엄마와 아빠가 오기 전날, 나는 부랴부랴 문제집을 펼쳐서 엄마가 표시해 둔 곳까지 풀어보려 했지만 마음대로 되지 않았다. 너무 많이 밀린 나머지 어디서부터 손을 대야 할지 모를 지경이 된 것이다. 병원에서 돌아온 엄마는 하나도 풀어져 있지 않은 문제집을 보고 한숨을 푹 내쉬었다. 나는 눈치를 보며 고개를 숙인 채 엄마 앞에 가만히 앉아 있었다. 이제 곧 큰소리를 치겠지. 회초리로 날 때릴지도 몰라. 나는 머릿속으로 조만간 다가올 순간을 상상했다. 하지만 엄마는 아무 말 없이 그냥 문제집을 덮었다. 그리고는 혼잣말처럼 들릴 듯 말 듯 작게 말했다. "다 했다더니……."

나는 가만히 일어나서 자리를 뜨는 엄마를 쳐다볼 수 없었다. 미안하다는 말도 할 수 없었다. 엄마의 삶을 내가 더 무겁게 만들었다는 것을 굳이 듣지 않아도 알 수 있었다. 나는 방에 틀어박혀 문제집을 풀었다. 조금이나마 엄마가 다시 웃기를 바랐다. 부모를 기쁘게 하는 방법으로 조용히 앉아서 공부하는 것, 나는 이 한 가지밖에 알지 못했다.

그날, 그렇게 돌아서서 나간 엄마는 어쩌면 어린 딸에게 차마 말하지 못한 삶의 무게에 눈물을 흘리지 않았을까. 아빠는 수술 이후 한쪽 눈으로도 평소와 다름없이 생활했지만 거울을 볼 때마다 빛을 잃은 자신의 오른쪽 눈이 아무렇지 않았을 리 없을 것이다. 때로는 나조차 회색이 되어버린 아빠의 눈동자를 똑바로 쳐다보지 못했다. 아빠 역시 알고 있었을 것이다. 어린 딸이 자기 눈을 피하고 있다는 것을.

가난한 부부에게 삶은 두려움과 어두움이었고 그들이 자식에게 가르쳐 줄 수 있는 삶의 방법은 그저 공부뿐이었다. 내 부모는 가난한 집 아이가 보통의 삶이라도 살 수 있는 유일한 방법은 공부하는 것이라고 했다. 그리고 그 말은 어린 나에게 멋대로 인생의 좌표가 되었다. 학창 시절 내내, 성인이 된 후에도 내 인생을 짓눌렀던 그 말들에서 벗어나고 싶었다. 나에게 그 말을 한 부모를 원망했다. 그리고 그 이상으로, 그 말에 동조한 나 자신을 원망했다.

회색 눈동자

오른쪽 눈의 시력을 잃은 후 아빠는 컬러렌즈를 착용했다. 그 렌즈는 아빠의 회색 눈동자를 왼쪽 눈동자와 비슷하게 보이게 했다. 컬러렌즈를 낀 아빠의 모습만을 봤기에 어느 순간 나는 아빠가 한쪽 눈의 시력을 잃었다는 사실을 잊었다.

작은방에서 엄마와 학교 이야기를 하다가 아빠가 왔다. 여유가 있을 때면 엄마와 아빠는 내가 하는 이야기들을 다정히 들어주곤 했다. 아빠는 그날따라 안경도 컬러렌즈도 착용하지 않은 상태였다. 아빠의 회색 눈동자와 눈이 마주치는 순간, 나도 모르게 소리를 지르고 말았다. "아빠 눈 이상해!"라는 말을 듣자마자 아빠는 당황한 표정으로 나를 보고는 허둥지둥 방을 나갔다. 엄마는 나지막한 목소리로 나를 꾸중했다. 아빠 마음 아프게 왜 그러냐고.

아, 맞다. 아빠 수술했었지. 그 사실을 떠올리자마자 내가 한 말을 후회했다. 하지만 이미 뱉은 말을 돌이킬 수는 없었다. 잠시 후, 아빠는 컬러렌즈를 끼고 다시 방으로 들어왔다. 우리 셋은 아무도 그 사실을 입에 올리지 않았다. 마치 아무 일도 없었던 것처럼 다시 이야기를 나누었다. 그때 무슨 이야기를 나누었는지는 정확히 기억나지 않지만 아빠의 눈치를 보며 어떤 말이든 이어가려 노력했던 것은 생생하다.

그날 이후, 아빠의 한쪽 눈이 보이지 않는다는 사실을 잊은 적이 없다. 눈에 띄지 않아도 분명히 존재하는 어떤 법칙처럼, 그 사실은 가족 중 누구도 언급하지 않지만 모두 알고 있는 상처였다. 항상 컬러렌즈를 끼고 있어야 했으니 아빠는 집에서조차 편할 수 없었다. 사실 아빠를 제외한 모두가 컬러렌즈를 편안해했다. 대외적으로 굳이 치부를 드러낼 필요는 없다는 것에 가족 모두가 동조한 것이다.

한쪽 눈이 보이지 않는다는 것이 아빠의 삶에 어떤 영향을 미쳤는지 나로서는 알 수 없다. 다만 어린 내 눈에 비친 바로는 꽤 씩씩했다. 아빠는 장애 등급을 받게 되었고 LPG 가스차를 탈 수 있었다. 남은 왼쪽 눈의 시력으로 무리 없이 일상생활을 이어 갔다. 잠시 휴전 상태였던 엄마와 다시 다툼을 시작했고 친구들과 술도 마셨고 여전히 담배도 피웠다. 슬퍼 보이지 않아서 아빠의 삶을 굳이 안타깝게 여기지 않았다. 오히려 나이가 들수록 아빠를 한심하게 보기도 했다. 어째서 몸 관리를 엉망으로 하는지, 왜 여전히 술을 마시는지, 왜 담배를 끊지 못하는지.

아빠는 술을 마시면 나에게 열심히 공부해서 좋은 대학에 가라고 했다. 나는 마음속으로 좋은 대학 가봤자 학비도 못 내줄 거면서 그런 말은 왜 하냐고 반문하곤 했다. 하지만 입 밖으로는 꺼내지 않았다. 대학 등록금에 대한 의심은 아빠의 회색 눈동자에 대한 질문과도 같았다. 뻔히 볼 수 있는 사실이지만 아는 척해서는 안 되는 것. 그 모든 순간 나는 아빠를 원망했다.

20대 중반이 되어 사회생활을 시작한 후, 나는 종종 곤란한 상황을 마주했다. 누군가의 비난과 질책을 들어야 했고 원치 않는 일도 억지로 해야 했다. 뜻대로 상황이 풀리는 경우도 있었지만 그렇지 않은 경우가 더 많았다. 동년배의 누군가는 사회적으로 큰 성공을 거두었고 부모에게 차를 사 주기도 했다. 하지만 나만은 여전히 제자리였다. 나이가 들수록 나라는 존재는 점점 작아졌다. 수없이 흔들리며 삶을 이어가는 순간마다 나는 아빠의 오른쪽 눈동자가 떠올랐다. 그리고 비로소 아빠를 이해할 수 있었다.

아빠는 한심한 사람이 아니었다. 잊고 싶거나 슬펐던 것이다. 수없이 흔들리는 동안 내가 그랬던 것처럼.

공부만 잘하면 돼

"공부만 잘 하면 된다!"라는 말은 초등학교 다니면서부터 귀에 못이 박히도록 들은 말이다. 그 말은 나를 옭아매는 족쇄인 동시에 면죄부가 되어주기도 했다. 말 그대로 공부만 하면 다른 건 어찌 되든 상관없다는 말이기도 했기 때문이다. 학창 시절 내내 겉돌았고 교우관계는 편협했다. 하지만 나의 부모는 성적 외의 다른 학교생활에는 전혀 관심이 없었기에 나도 굳이 이야기할 필요가 없었다.

비평준 지역에서 학창 시절을 보냈다. 좋은 고등학교에 가기 위해 중학생 때부터 입시에 매달렸다. 엄마의 목표는 주변 사람 모두 좋다고 하는, 60년 전통의 고등학교였다. 동생들을 공부시켜야 해서 엄마는 일찍 상고에 진학했고 엄마의 사촌은 그 고등학교에 가려고 재수까지 했지만 실패했다고 했다. 친척들 사이에 나는 '착하고 공부 잘하는 딸'이었기에 당연히 그 고등학교에 진학할 수 있을 거라고 믿었다.

중학교 1학년 첫 시험에서 좋은 성적을 받은 후 주변의 기대는 더 커졌다. 부담스러웠고 동시에 불안했다. 중학교 졸업 전까지 있을 8번의 시험 중 단 한 번만 망쳐도 나는 그 고등학교에는 진학할 수 없을 것 같았다. 스트레스가 극에 치달을 때마다 나는 머리카락을 뽑았다. 이유는 없었다. 그냥 멍하니 앉아 있을 때마다 머리카락을 뽑게 됐는데 어느 순간 습관이 되어버렸다. 초등학교 고학년 때부터 생긴 습관이었는데 그때는 이게 불안에서 기인한 행동이라는 것을 알지 못했다. 무의식중에도 옳은 행동은 아니라는 것을 알았는지 늘 혼자 있을 때만 뽑았다. 그리고는 뽑힌 머리카락을 한참 쳐다보다 쓰레기통에 버렸다.

집에서는 폭식했다. 늘 먹을 것을 입에 달고 있었다. 식구 중 누구도 나에게 뭐라고 하지 않았다. 공부하느라 수고했다며 오히려 더 잔뜩 먹게 해주었다. 살이 정말 많이 쪘다. 엄마는 학생 때 찐 살은 성인이 되면 빠진다고 했다. 외모에 신경 쓰지 말고 공부만 잘하면 뭐든 다 해결된다는 말도 잊지 않았다. 결과적으로 보면 그 말은 거짓말이었다. 학창 시절에 찐 살은 나이가 든다고 저절로 빠지지 않는다. 그때 망친 생활 습관들도 쉽게 돌이켜지지 않는다. 대학을 가도 기적적으로 삶이 나아지지는 않는다. 오히려 나는 지독한 외모 콤플렉스에 시달리기도 했다.

같은 반 아이들이 쉬는 시간에 하는 이야기를 들은 적이 있다. 어떤 아이는 엄마와 주말에 쇼핑갔다고 했고 어떤 아이는 엄마에게 연애 상담을 했다고 했다. 나는 나의 사생활 이야기를 엄마와 나눈 적이 거의 없었다. 엄마에게 중요한 나의 사생활은 시험 성적이 전부였기 때문이다. 또래와 잘 지내보려 했지만 마음대로 되지 않았다. 어느 순간, 그들이 나눈 이야기에 내가 전혀 공감하지 못했기 때문이다. 친구들에게 중요한 것이 나에게는 중요하지 않았다. 일상의 소소한 것들이 나에게는 관심 밖이었다. 치열하게 무리에 섞여들고 싶었지만 한순간도 섞여든 적이 없었다. 결정적 순간에 아이들과 나는 나눌 수 있는 것이 없었기 때문이다.

고대기, 새 옷, 연예인, 졸업사진, 증명사진. 모든 중요한 이슈에 나는 공감할 수 없었다. 졸업사진이 왜 중요하지? 증명사진이 왜 중요하지? 그깟 사진 하나에 왜 이렇게까지 난리지? 도대체 사진 잘 나온 게 왜 그렇게까지 호들갑스럽게 좋아할 일인 거지? 이런 괴리감을 느낄 때마다 억지로 외면했다. 그때의 나는 '공부만 잘하면 돼'라는 말을 충실히 따르고 있었다. 가족의 기대를 저버릴 수 없었고 가족의 가난을 모른척할 수도 없었기 때문에 그 기대를 충족시키는 일이 나에게는 연예인보다 중요했다.

소외

　　　　학교에 다니면서 가장 힘들었던 순간은 쉬는 시간에 혼자 있는 것이었다. 담임 선생님들은 혼자 지내는 나를 어떻게든 친구들 무리에 끼워 넣으려고 했지만 대부분은 성공하지 못했다. 쉬는 시간이 되면 친구들은 자연스레 정해진 무리를 이루었다. 누가 봐도 분위기를 주도하고 활발한 아이들 무리가 있었고 같은 연예인을 좋아하는 무리도 있었다. 그림 그리기를 좋아하거나 책 읽는 것을 좋아하는 등 비슷한 취향끼리 모이기도 했다. 심지어 내향적이고 조용한 아이들끼리 무리를 이루는 경우도 있었다. 하지만 어느 무리든 내가 소속될 곳은 없었고 먼저 다가와 주는 친구가 없는 이상 나는 늘 혼자였다. 차라리 수업 시간이 마음이 편했다. 그냥 자기 역할만 충실히 하면 되니까.

　　초등학교 5학년 때, 담임 선생님은 소풍 전날 버스에 앉아 같이 가고 싶은 친구를 자유롭게 고르라고 했다. 다른 친구들은 모두 환호성을 터뜨렸다. 나만 불안함에 심장이 뛰었다. 내 머릿속은 찰나의 순간, 혼자 남은 나와 억지로 짝이 된 친구가 실망하는 표정으로 가득 찼다. 선생님이 교실을 나간 후, 아이들은 신나서 서로 짝을 찾기 시작했다. 나는 한 발짝 떨어진 곳에서 멀뚱히 쳐다보기만 했다. 실컷 의논을 하던 도중에 한 친구가 나를 발견했다. 난처한 표정으로 친구들에게 말했다. 쟤 어떡하지? 다른 아이들은 서로의 표정을 살폈다. 누군가가 나서주길 바라는 것 같았다. 같은 동네에 살아서 그나마 나와 같이 놀았던 친구에게 약간의 기대를 걸었다. 한 친구가 말했다.

"네가 쟤랑 그나마 친하니까 같이 앉아."
"쟤는 말이 없어서 같이 앉으면 재미없단 말이야."

친구는 대답했다. 나에 대한 이야기를 하고 있지만 마치 눈앞의 나는 없는 것처럼, 친구들은 나를 놓고 대화를 나누었다. 나는 그 이야기를 듣고 있는 내내 불안했고 어떤 말도 할 수 없어 답답했다. 동시에 나에게만 불리한 자유를 준 선생님을 원망했다. 차라리 번호대로 앉으라거나 키대로 앉으라고 정해줬으면 차라리 마음 편했을 테니까.

학교에 다니는 내내 나는 늘 소외된 아이였고 겉도는 아이였다. 선생님이 주는 자유는 다수의 아이에게 즐거움을 주었지만 나는 그 다수에 속하지 못했다. 엄마는 말했다. 학교에서는 공부 잘하면 알아서 친구들이 생기는 거라고. 그것도 나에게는 해당되지 않았다. 항상 나보다 공부 잘하는 아이가 존재했고 그 아이들은 발표까지 잘했으니까. 게다가 그 친구라는 것의 의미를 엄마는 알지 못했다. 내가 바란 친구는 나를 '조용하고 공부 잘하는 애'로 보지 않고 그냥 당연히 쉬는 시간에 함께 해주고 같이 시간을 보내는 친구였다.

어쩌면 엄마가 바란 것은 내가 누군가의 선망의 대상이 되는 것이었는지도 모른다. 모두가 선망하고 우러러보는 대상이 자기 자식이기를, 뭐든 알아서 하고 잘 하는 아이가 내 자식이기를 바라는 마음이지 않았을까. 그 마음을 모르지 않기에 나는 엄마에게 친구 관계에 대한 이야기는 한마디도 하지 않았다. 학교 가기 싫다는 티도 내지 않았다. 엄마를 위한 것이기도 했지만 사실 학교생활에서 생긴 문제들을 엄마가 안다고 달라질 게 없다는 것을 알았기 때문이기도 하다. 엄마가 알아서 담임 선생님에게 상담을 한다 한들 내가 다른 사람이 되지 않는 이상 달라질 것은 아무것도 없었다.

친구

중학교 1학년 때, 나는 고마운 친구를 만났다. 의기소침하고 어두운 나에게서는 어떠한 매력도 느낄 수 없었을 텐데, 그 친구는 혼자 있는 나에게 먼저 다가왔다. 덕분에 그 친구와 원래 친분이 있던 주변 아이들까지도 어울릴 수 있게 되었다. 친구가 생겨서 가장 기뻤던 점은 더는 쉬는 시간마다 억지로 혼자 있는 것이 괜찮은 척할 필요가 없다는 것이었다. 쉬는 시간을 당연히 함께 보내는 누군가가 있다는 것이 큰 위안이 되었다.

하지만 나는 누군가에게 마음을 여는 데 익숙하지 못했다. 친구와 함께 즐겁게 시간을 보내는 것도 어색했다. 그 친구들이 왜 나에게 먼저 다가왔는지, 내가 정말 좋은 것인지, 아니면 혼자 있는 내가 불쌍해서 억지로 시간을 보내는 게 아닌지를 고민했다.

중학교에 다니는 내내 나는 네 명의 친구와 어울렸다. 그 친구들과 점심 시간에 함께 도시락을 먹었고 체육 시간 전에는 같이 옷을 갈아입었다. 시험이 끝나는 날이면 같이 피자를 먹으러 갔다. 다른 친구들이 하는 것들을 함께 할 누군가가 있다는 것이 좋았다. 사실 그 친구들이 없었다면 하지 못했을 것들이었다. 학창 시절에는 '친구와 함께'가 아니라면 그다지 의미 있는 것은 없기 때문이다.

겉으로 보기에 별반 특별할 것 없는 여중생의 평범한 우정이었다. 내가 바란 것 역시 그것이었다. 겉으로 보기에 별반 특별할 것 없이 평범한 우정. 그토록 바라던 안정적인 친구 관계를 맺게 되었지만 나는 여전히 편하지 않았다. 내 자존심 때문이었다. 그 친구들 중 누구에게도 나의 가정환경을, 나의 진짜 고민을 말한 적이 없었다. 무언가 감출 것이 있는 사이는 언젠가 금이 가게 마련이다. 처음 맺은 친구 관계 역시 마찬가지였다. 아무런 티도 내지 않았기에 친구들은 나에게서 특별한 것을 느끼지 못했다. 하지만 내 마음속은 친구들의 말 한마디, 아무렇지 않게 하는 행동 하나에 오르락내리락했다.

친구가 우리를 데리고 집에 놀러 갔던 날, 나는 아무렇지 않은 척했지만 친구의 방, 넓은 거실, 2개짜리 화장실이 부러웠다. 넓은 거실에서 우리는 공놀이를 했고 친구는 커다란 냉장고에서 음료수를 꺼내 우리에게 주었다.

"같이 빵 만들어 볼래? 나 식빵은 만들 줄 알아!"

친구의 제안에 우리는 달걀을 깨기 시작했다. 집에서 빵을 만들 수 있다니. 오븐이 집에 있다는 것도 신기했다. 오븐은 전문적으로 빵을 만드는 가게에만 있는 것인 줄 알았는데. 빵을 굽는 동안 우리는 다시 공놀이를 했다. 친구 방에서 앨범을 보기도 했다. 30분쯤 시간이 흐르고 나서 오븐에서 소리가 났고 친구는 빵을 꺼냈다. 우리는 맛있게 구워진 빵을 뿌듯하게 쳐다봤다. 내가 빵으로 손을 뻗자 친구가 깜짝 놀라 소리를 쳤다.

"어어, 안돼! 손 씻고 먹어야지!"
"아, 맞다. 깜빡했어."

나는 당황했지만 아무렇지 않게 말했다. 그리고는 하얗고 깨끗한 화장실에 가서 비누로 손을 씻었다. 친구들은 그 상황을 심각하게 생각하지 않았고 모두 둘러앉아 웃으며 빵을 먹었다. 나도 웃고 있었다. 하지만 내가 살고 있는 집과 친구의 집 사이의 괴리감으로 마음은 불편했다. 그 괴리감만큼이나 나와 그때의 친구들은 결코 가까워질 수 없었다. 나는 늘 감춰야 했고 친구들은 다른 진실이 있다는 생각은 하지 못했다. 우리는 서로가 이해할 수 있는 범주만을 진실로 취급했다. 그 친구들은 문제가 없었다. 문제는 나였다. 내가 내 마음을 감추고 있는 이상, 어차피 우리 관계는 오래갈 수 없는 것이었다. 그리고 이런 우정은 내가 성인이 된 이후에까지 비슷하게 나타났다.

오랫동안 가면을 쓰고 살아온 만큼 당연히 모든 관계의 기반은 약했다. 중학교 때 어울렸던 그 친구들은 나에게 친구로서 최선을 다했다. 같이 교환일기를 쓰자고 했고 시내에 옷을 사러 가자고 했다. 나는 엄마 허락 없이 시내를 나가 본 적도 없었고 사실 버스를 타 본 적도 없었다. 하지만 친구들이 버스 타는 모습을 지켜보며 나도 그대로 따라했다. 마치 그 전에도 혼자 타 본 적이 있는 것처럼. 내가 아무것도 할 줄 모르는 바보 같은 아이라는 것을 친구들이 모르게 하기 위해서였다. 생각해 보면, 결국 친구들은 나에 대해 아는 것이 하나도 없었다. 내가 나를 드러낼 용기가 없었기 때문이다.

실패의 공기

       나의 부모는 실패가 익숙한 사람들이었다. 나는 그들의 실패를 보며 자랐다. 어린 시절, 일주일에 한 번씩 가정으로 선생님이 오는 학습지를 한 적이 있었다. 한동안 아빠는 실직 상태였고 학습지 선생님이 올 때마다 아빠는 집에 있었다. 다섯 식구가 사는 방 2개짜리 임대아파트. 그게 내가 사는 공간이었고 큰방에서는 할머니가 지내고 있었기에 아빠는 내가 공부하는 방 외에는 있을 곳이 없었다. 나는 내가 공부하는 방 한편에 아빠가 자고 있는 것이 부끄러웠다. 한번은 아빠에게 학습지 선생님이 와 있는 동안 밖에 나가 있으면 안 되냐고 부탁까지 했었다. 아빠는 화를 냈다. 나는 내가 큰 잘못을 저질렀다는 것을 알았다. 그리고 다음부터는 부끄러워도 아빠와 한 공간에서 공부하는 것을 감수했다.

  지금 생각해 보면, 아빠는 그때 자는 것이 아니었다. 자는 척했던 것이지. 지금에 와서 마음이 아픈 것은 그 시절의 아빠를 부끄러워했던 어린 나의 마음도 이해가 가고, 딸이 일하지 않는 자기를 부끄러워한다는 것을 알아챈 아빠의 마음도 이해가 가기 때문이다. 누구의 잘못도 아니고 이해 못 할 것도 아닌데, 나는 아직도 그때를 생각하면 마음이 아리다.

아빠를 대신해 생계를 책임지던 엄마는 안해본 일이 없었다. 마트에서 일하기도 했고 편의점이나 분식점을 하기도 했다. 그리고 모든 시도는 실패했다. 고모의 도움으로 차렸던 편의점도, 이모의 도움으로 차렸던 분식점도 모두 실패했다.

부모의 모든 시도가 실패로 결론지어지는 과정을 지켜보며 나역시 실패에 익숙해졌다. 실패를 두려워하게 됐다. 어떤 시도를 할 때 아주 잠시, 찰나의 기대를 하지만 얼마 가지 않아 그 모든 것은 더 큰 좌절이 되었다. '그럼 그렇지'라는 마음이 깊이 새겨졌다.

나는 조금이라도 위험한 것에는 뛰어들지 않게 되었다. 조금이라도 안전하지 않으면, 약간의 실패 위험이라도 있으면 시도하고 싶지 않았다. 어릴 때부터 느낀 실패의 공기 때문이다. 그 공기가 얼마나 사람을 허무하게 하는지, 무기력에 빠지게 하는지 알기 때문이다. 사람들이 말하는 불안전성이 나에게는 큰 공포로 다가왔다. 나도 나의 부모처럼 그런 공기를 만드는 사람이 될 수도 있다는 것. 그게 가장 큰 공포였다.

안전한 공간을 갖고 싶었다. 안전하게 뿌리 내릴 수 있는 곳을 찾고 싶었다. 그게 사람이든 직장이든, 나를 불안하게 하는 것들은 옆에 두고 싶지 않았다. 하지만 아이러니하게도 내가 안정적이고 싶을수록 나의 두려움은 더 커졌다. 어린 시절, 집에서 맡았던 그 익숙한 공기가 아직도 내 마음에 남아 있기 때문에 언제든 내게서 사라질 수 있는 것들이라고, 내가 이룬 것들은 아주 찰나일 거라고 문득문득 불안해지는 순간들이 있었다. 그럴수록 나는 알량한 내 것을 더 꼭 붙들려 했다.

실패에 익숙한 어른들은 아이에게 쉽게 인생을 살려면 안전한 길을 찾으라고 말한다. 실패할 것 같으면 하지 말라고, 기왕이면 남들이 말하는 안정적인 길을 걸으라고 한다. 실패한 어른을 곁에서 보고 자란 아이들은 두려움에 쉽사리 그들의 의견에 순응한다. 그리고 그 아이들은 꼭 그와 같은 어른이 된다. 실패하지 말라고, 실패는 무서운 거라고 말하는 어른이 된다.

안정적으로 살고 싶어 안정적인 직장을 갖고, 좋은 사람이 되려고 노력했던 나의 삶들은 결국 성공적이었을까. 전혀 아니다. 나는 늘 전전긍긍했고 조급했고 아팠다. 겉으로 보이는 형태만 달라졌을 뿐, 나는 실패의 공기를 내뿜는 어른들과 별반 다르지 않았다.

가난한 아이의 진로

　　　　　가난한 가정에서 태어난다는 것은 남들보다 강한 삶의 틀을 가지고 태어나는 것과 같다. 어린 시절 친척들이 했던 말들이 아직도 내 마음을 묵직하게 짓누른다. 명절날이면 할머니를 모시고 사는 우리 집에 친척들이 모였다. 그들은 하나같이 괜찮은 직업을 가지고 넉넉하게 살았고 가난했던 나의 부모는 그 사이에서 더 큰 결핍을 느꼈다.

　친척 어른들은 모두 나에게 착하다고 했다. 이유는 단순했다. 이렇게 어려운 환경에서도 부모 속 썩이지 않고 열심히 공부하기 때문이었다. 초등학생이었던 나와 동생에게 친척 어른들은 "너희 부모는 법 없이도 살 사람들이다. 힘든 와중에 이렇게 잘 키웠으니 나중에 꼭 효도해라"라고 했다. 그 자리를 피하고 싶었다. 효도하라는 말을 듣기 싫었던 것이 아니라 나를 바라보는 친척 어른들의 눈빛을 마주하고 싶지 않았다. 잘못한 것도 없는데 그런 말을 들을 때면 나는 저절로 고개를 숙였다.

어리다고 해서 감정의 깊이까지 얕은 것은 아니다. 오히려 어린 시절에 각인된 어떤 상황과 감정은 성인이 되어 느낀 것보다 더 오래도록 영향을 미치곤 한다. 그 순간 내가 느꼈던 감정은 내 부모가 가난하다는 것에 대한 수치심, 그리고 가난을 수치스러워했다는 것에 대한 죄책감이었다. 아무리 용돈을 주고 잘 대해줘도 나는 친척 어른들이 불편했다. 나를 동정하고 안쓰럽게 여긴다는 것이 느껴졌기 때문이다.

가난한 집에서 태어난 아이가 가질 수 있는 진로는 크게 두 가지다. 어려운 환경에서도 밝고 꿋꿋하게 자라거나 어려운 환경을 극복하지 못하고 엇나가거나. 첫 번째 경우는 주변 사람들의 동정어린 응원을 받고 다른 경우는 '그럼 그렇지'라는 편견을 마주해야 한다. 어떤 길을 가든 가난한 가족이라는 마음의 짐을 덜어버릴 수는 없다.

성인이 되어 직장을 얻고 내 삶을 꾸리면서도 나는 마음이 편치 않았다. 어른들이 말한 부모에게 효도하라는 것은 내가 잘 사는 것보다 나는 희생하더라도 부모를 잘 살도록 해 주라는 것임을 알기 때문이었다.

가난하면 더 웃어야 한다. 기왕이면 더 밝아야 하고 긍정적이어야 한다. 그렇지 않으면 우울하고 진득한 결핍의 향을 모두가 맡을 수 있기 때문이다. 나의 부모는 가난을 부끄러워했다. 조금은 의기소침하고 주눅 든 채로 삶을 살아가는 그들의 모습을 보며 나도 가난을 수치라 생각했다.

누군가는 가난은 그저 불편일 뿐이라고 말한다. 내가 억지로 내 삶을 긍정적으로 보려 했을 때 그 말을 믿었다. 하지만 가난은 그저 불편으로 끝나지 않는다. 어린아이가 자신을 둘러싸고 어른들이 아무렇지도 않게 던지는 말들을 감수하는 것이 그저 불편일 뿐일까. 돈이 없으면 공부라도 잘해야 한다고 공부를 강요당하는 것이 그저 불편일 뿐일까. 당연하게 부모의 몫까지 감수하게 되는 것이 그저 불편일 뿐일까.

나의 부모를 볼 때면 때로 그들마저 가난하면 밝고 착해야 한다는 프레임에 갇힌 것이 아닐까 하는 생각이 든다. 친척들이 나에게 효도에 대한 이야기를 할 때 어째서 한 번도 그 말을 막지 않았을까. 내가 고개를 숙인 채 듣고 있는 모습이 그들에겐 어떤 모습으로 느껴졌을까. 역시 우리 딸 착하다고 생각했을까. 안쓰럽다고 생각했을까. 아니면 그들도 그 자리를 피하고 싶었을까.

초등학교 6학년 때 수학여행 가기 전날, 아빠는 나에게 새 옷을 사 주겠다며 백화점에 가자고 했다. 당시 유행하던 브랜드에서 옷 한 벌을 입어봤다. 아빠는 바로 입고 가겠다며 계산을 해 달라고 했다. 하지만 결제가 되지 않았다. 잔액 부족이었다. 당황한 아빠는 이리저리 전화를 하더니 잔금이 아직 입금되지 않았다는 것을 알게 됐다. 종업원이 나를 안쓰럽게 여기는 게 느껴졌다. 아빠는 돈을 뽑아서 올 테니 기다리라고 했고 나는 그 옷을 입은 채 멀뚱히 서 있었다. 주변 사람들의 시선이 느껴졌다. 당장 옷을 벗고 도망치고 싶었지만 그럴 수 없었다. 아빠가 마음 아플 것 같기도 했고 여기서 도망치는 게 더 부끄러울 것 같기도 했다. 울지 않았다. 아무렇지 않은 척해야 착한 아이일 수 있었기 때문이다.

백화점에서 그 브랜드를 볼 때마다 그때가 생각난다. 유년기의 가난이란 이런 것이다. 남들은 겪지 않았을 일상의 서러움을 간직하는 것. 그 깊은 감정이 각인되는 것. 결핍은 유년기 전체에 뿌리를 내린다. 밝은 척 행복한 척 언제 깨질지 모르는 가정의 안정을 모르는 척 살아가는 동안 그 뿌리는 더 굵고 튼튼하게 뻗는다.

가정환경이 어떻든 아이는 자신의 선택을 존중받아야 한다. 이미 힘든 아이들에게 역할극을 강요하지 말자. 당연하게 부모 몫의 삶까지 대신 짊어지라고 하지 말자. 이미 각인된 깊은 감정을 해소하는 것만으로도 그 아이들은 오랜 시간이 걸릴 테니.

내
가
만
난

거
울
들

시험 점수가 궁금한 아이

　　　　　　나는 중간고사와 기말고사가 학기마다 존재하고
모든 과목에 필기시험이 있던 1990년대에 초등학교를 다녔다. 내
가 교사가 된 이후에도 몇 년간은 그랬다. 그래서 '시험'이라는 단
어가 주는 무게감은 교사에게도, 아이들에게도, 학부모에게도 무거
웠다. 커닝이라는 단어가 주는 혐오감 역시 그 무게만큼 강했다.

　초등학교 5학년 담임을 하게 되었을 때였다. 엄숙한 분위기에서
시험을 치르는데 한 아이가 슬쩍 답을 커닝하는 것을 보았다. 일단
시험이 끝난 후 아이를 따로 불러 물어보니 커닝한 게 맞다고 했다.
어차피 보고 적은 답도 틀린 답이었다. 말도 안 되는 단어를 적어
내가 보지 못했어도 채점하다 알게 될 일이었다.

　애초에 공부에 큰 흥미가 없던 아이라 의외였다. 시험에 의욕이
없는 줄 알았는데 커닝을 하다니. 왜 그랬느냐고 물어보니 부모님
때문이라고 했다. 아이의 아버지가 매우 엄한데 시험 점수가 나오
면 분명히 엄청나게 혼날 거라고 했다. 나에게 제발 아빠에게만 알

리지 말아 달라고 사정하는 아이를 외면했다. 어쨌든 나는 잘못된 아이의 행동을 학부모에게 알릴 의무가 있는 사람이기 때문이었다. 다음날 그 아이는 퉁퉁 부은 눈으로 학교에 왔고 나는 약간의 죄책감을 느꼈다.

이 아이 이후로도 나는 시험 때만 되면 예민해지고 긴장하는 아이를 많이 봤다. 그 커다란 스트레스와 압박감 속에서 아이들은 해서는 안 될 잘못을 하기도 한다. 요즘 들어 가끔 커닝했던 아이들이 떠오른다. 사실 나도 그런 아이 중 한 명이었다.

초등학교 수학 시험 시간이었다. 조용한 와중에 나는 단 하나의 문제에서 막혀 어쩔 줄을 몰랐다. 식은땀이 나기 시작했다. 담임 선생님은 잠시 다른 곳을 보고 계셨고 나는 눈을 질끈 감고 옆을 슬쩍 봤다. 기적적으로 옆줄에 앉은 친구가 딱 그 문제를 풀고 있었고 나는 답을 따라 적었다. 결과는 좋았다. 백 점이었다. 선생님은 그 친구와 내 시험지를 손에 들고 반 친구들에게 어려운 시험인데 백 점 받았다고 손뼉 쳐 주자고 하셨다. 큰 박수 소리에도 나는 당당할 수 없었다. 내가 얼마나 비겁한 행동을 했는지 알고 있었기 때문이다.

나는 '시험'이라는 단어에서 벗어날 수 없었다. 학교는 시험의 존재 의미를 '내가 알고 있는 것을 정확히 파악하기 위함'이라고 한다. 모르는 건 부끄러운 게 아니라지만, 나에게 틀린 문제는 부끄러운 것이었다. 틀린 문제가 많으면 '이제부터 잘하면 되지!'가 아니라 '틀린 만큼 혼나겠지…'라는 생각밖에 들지 않았다.

나의 부모는 공부만이 살 길이라는 이야기를 자주 했다. 시험 점수를 잘 받지 못하는 것은 부모에게는 자식이 잘못된 길을 가고 있음을 의미했다. 성적을 잘 받아오면 그날은 평안했지만 그렇지 않으면 계속해서 잔소리를 들어야 했다. 다른 곳은 몰라도 문제집과 책만큼은 넉넉하게 사주었던 부모에게 나는 은연중에 부채감을 느껴야 했다.

어린 시절 아빠는 나름 가정적이었고 다정하기도 했지만, 시험 점수를 받아 올 때는 상황이 달랐다. 누구보다 무서워졌다. 나는 내 성적표를 볼 때의 아빠를 오랫동안 기억했기에 평소에 다정한 아빠를 온전히 믿을 수는 없었다. 성적을 잘 받지 못하면 언제든 돌변할 수 있다고 생각했기 때문이다.

오랜 시간이 지나 초등학교는 많이 변했다. 시험이 없는 학교도 있고 중간/기말 평가.대신 수행평가로 대신하기도 한다. 하지만 고학년이 될수록 교과 학습을, 지식 입력을 중요히 여긴다는 것은 변한 것이 없다. 때로 몇몇 학부모는 단원평가 점수를 요구하기도 하고 객관적인 아이의 실력을 알고 싶어 하기도 한다. 당연한 것이다. 아이가 공부 잘했으면 좋겠고 학교에서 앞서나갔으면 좋겠다는 것은 모든 부모의 바람일 테니.

하지만 간혹 궁금하다. 만일 지금도 중간고사와 기말고사가 있다면 마음 놓고 내 실력을 평가할 수 있는 것이 시험이라 여기며 시험 치는 아이가 얼마나 될까. 좋은 성적을 받지 않아도, 시험을 망쳐도 부모에게 혼날 걱정 없이 속상한 마음을 털어놓을 수 있는 아이는 몇이나 될까. 또 망친 시험보다 아이의 속상한 마음을 먼저 보듬어 줄 부모는 얼마나 될까.

가정환경이 어려운 아이

'교사'라는 직업군에 종사하다 보면 가정환경이 어려운 아이들을 종종 만나게 된다. 아이는 부모를 고를 수 없고 자신이 태어나 자라게 될 환경도 고를 수 없다. 부모가 원해서, 혹은 피치 못할 상황에 의해 세상에 태어난 것뿐이다. 그리고 역시 자기 뜻과 하나도 상관없이 서로 다른 출발선에 서게 된다.

어느 해 나의 교실에는 유난히 나를 힘들게 하는 남자아이가 있었다. 감정 조절이 잘되지 않아 화가 나면 눈빛이 달라지고 물건을 집어 던지거나 폭력을 쓰는 아이였다. 이런 아이를 매년 만나긴 했지만, 유독 이 아이가 눈에 밟힌 이유는 다름 아닌 가정환경 때문이었다.

아이는 삼 형제 중 막내였는데, 형제 중 첫째가 많이 아팠다. 아이의 부모는 첫째에게 신경이 쏠릴 수밖에 없는 상황이었고 아이는 자기도 모르는 사이 짙은 외로움에 잠식되고 있었다. 관심받고 싶어 끊임없이 말을 하고 반 친구들에게 장난을 쳤다.

그러다 상대에게 자신이 원하는 반응이 나오지 않으면 돌변해 화를 냈다. '내가 같은 반 친구라도 저 애랑은 놀기 싫겠다'라는 생각을 했을 때, 나는 나조차 그 아이를 외롭게 만들고 있음을 깨달았다. 화를 내는 아이를 보며 어느 순간부터 '쟤가 그럼 그렇지'라고 생각하고 있었던 것이다.

이대로는 안 되겠다 싶었다. 아이의 집에 전화를 걸어 앞으로 매주 한 번씩 방과 후에 아이와 상담을 하겠다고 말했다. 다행히 아이의 어머니는 너무나 흔쾌히 응해주었다. 처음에는 떨떠름했던 아이도 언젠가부터 나에게 조잘조잘 자신의 이야기를 털어놓기 시작했다.

솔직히 말하자면, 나는 아이가 자신의 속마음을 털어놓는 순간까지 그 아이가 불편했다. 그래서 오랜 시간 혼란스러움을 느꼈다. 내가 이 아이와 매주 한 번씩 둘만의 시간을 보내는 일이 내가 뱉은 말을 책임지기 위해서인지 아니면 정말 그 아이를 위해서인지 분간이 되지 않았다. 그렇지만 지나고 나니 그 만남은 나에게도 큰 의미였음을 인정하지 않을 수 없었다.

아이는 돈을 벌기 위해 자주 출장을 가는 아빠에 관해 이야기했다. 아픈 형에 관한 이야기도 했다. 사춘기가 왔는지 동생인 자기보다 스마트폰을 더 좋아한다는 둘째 형 이야기도 했다. 간혹 아이의 눈에 눈물이 맺힐 때가 있었는데, 자존심 때문인지 눈을 치켜뜨며 눈물을 떨구지 않으려 노력했다. 나는 그런 모습에 마음이 아팠다.

과거 비슷한 감정 조절 문제를 겪는 아이들을 만났을 때는 이런 큰 감정의 동요를 겪은 적이 없었다. 사실, 그 아이들은 부족할 것 없는 가정환경이었고 교사인 내가 보았을 때 큰 문제라고 할 만한 것들을 겪지 않았다고 생각했다. 그 아이들의 아픔이 나에게는 사치스러운 감정이었다. 내 멋대로 '너는 부족할 게 없는데 뭐가 힘드니?'라고 판단했었다.

하지만 그 아이는 문제 상황의 인과관계를 판단할 만한 분명한 근거, 즉 '가정환경'이 있었다. 그리고 어느 순간 자연스럽게 깨달았다. 나는 아이와 매주 한 시간씩 따로 만나면서 그동안 비슷한 문제를 겪었던 아이들에게 내가 해줄 수 있던 일들을 해주고 있었던 것이다. 이 아이가 불편했던 진짜 이유는 따로 있었다. 도와줄 수 있었는데 과거의 내가 무시해 버린 수많은 비슷한 아이가 떠올랐기 때문이다.

처음 목적은 상담이었지만, 1학기가 끝날 무렵에는 아이와 나 둘만의 놀이시간이 되어 있었다. 상담하는 틈틈이 아이에게 여러 가지 보드게임을 알려주고 함께 했었는데, 아이가 영리했던지라 금방 규칙을 익혔었다. 그리고 그 시간은 나에게도 분명 즐거운 순간이었다.

만일 삶이 영화라면 아이는 그 이후 힘든 일 없이 행복하게 학교생활을 했을 것이다. 하지만 아이의 형은 여전히 아팠고 아빠도 바빴고 둘째 형도 여전히 동생보다 스마트폰을 더 좋아했다. 아이 역시 쉽사리 달라지지 않았다. 여전히 하지 않아도 될 말을 했고 친구

내일은 괜찮아질 거야

들과 자주 다투었다.

그리고 나 또한 그 무렵에는 달라질 듯 달라지지 않는 아이의 태도에 종종 실망감을 드러내고는 했다. '내가 이렇게까지 했는데 왜 넌 나아지지 않니?'라는 은연중 내 메시지를 아이도 느꼈을 것이다. 그럴 때면 아이는 괜히 옆에 와서 내게 말을 걸고는 했다. 하지만 나는 내 노력에 관한 합당한 대가를 바라는 보상심리가 점점 커져 그 아이와 보내는 시간이 힘겨워질 무렵, 다행히 여름 방학이 되었다.

여름 방학이 지나고 2학기가 되어 아이를 만났을 때, 아이는 일취월장한 체스 실력으로 나를 놀라게 했다. 그리고 학급 반장이 되어 다시 나를 놀라게 했다. 상담해도 나아진 행동이 없어 보였는데 어느덧 아이는 교실에 스며들고 있었다.

그렇게 해가 바뀌고 다른 반의 담임 선생님이 된 후에도 가끔 학교 복도에서 아이와 마주치고는 한다. 그럴 때마다 반가운 마음에 아이를 향해 저절로 손을 흔들게 된다. 아이는 쑥스러운지 괜히 주변을 두리번거리다 고개를 까딱하고 인사를 한다.

그 아이가 나를 가장 좋은 선생님으로 기억해 주었으면 좋겠다는 유치한 생각을 하다가 요즘은 마음을 고쳐먹었다. 앞으로의 인생이 나와 보낸 시간보다 더 좋은 날로 가득 찼으면 좋겠다. 진심으로 이 마음이 들었을 때, 비로소 내가 교사가 된 것 같았다.

할머니와 사는 아이

할머니와 사는 아이와 함께한 적이 있다. 국어 시간에 감정 단어를 배울 때 그 아이는 '그리움'이라는 단어의 예시를 이렇게 들었다. "멀리 떨어진 엄마가 그립습니다." 울지 않고 또렷한 목소리로 그 문장을 말하는 아이를 칭찬했지만, 사실 나는 그 아이가 불편했다. 그 아이의 눈빛에서 '칭찬해 주세요'라는 간절함을 읽었기 때문이었다.

교사라는 직업 특성상 나는 수많은 거울을 마주한다. 모두 소중한 아이지만, 그 아이들이 나와 만났을 때 나의 내면에 일으키는 파동은 제각각이다. 누군가에게는 어른스럽고 애틋한 제자였을 아이가 나는 불편했다. "일찍 철들었다"라는 말이 아이에게 주는 무게감은 겪어보지 않은 사람은 알 수 없다. 그 말을 듣는 순간 아이는 마치 예언을 실현하기 위해 살아가는 것처럼 의젓한 아이 역할에 갇히게 된다. 어린 시절, 일찍 철들었다는 말을 칭찬이랍시고 나에게 했던 어른들을 시간이 지날수록 많이 원망했다. 이 아이도 그렇게 될 것이기에 나는 의젓한 태도에 대한 칭찬은 하고 싶지 않았다.

하지만 아이는 그 말을 꼭 듣고야 말겠다는 듯이 내 앞에서 일부러 어른스러운 행동들을 하곤 했다. 동생 같은 남자 짝을 챙겨준다거나 친구들 싸움을 말린다거나 시키지도 않은 청소를 하는 등 칭찬받는 법을 아는 아이의 익숙한 행위였다.

"다른 사람 싸움에 네 일도 아닌데 끼어들지 마."

"친구들 자리까지 네가 왜 청소해? 네 자리만 해."

"친구가 챙겨달란 말도 안 했는데 왜 그래? 친구에게는 잔소리처럼 들릴 수 있으니까 그만해."

나는 종종 그 아이에게 이런 말들을 하곤 했다. 내 말에 그 아이가 주눅 들어 있는 것을 보고는 따로 불러 이야기했다.

"친구에게 억지로 친절하려고 할 필요 없다. 선생님에게 칭찬받을 필요 없다. 어차피 널 정말 사랑하는 사람이라면 네가 어떤 행동을 하든지 널 사랑해 줄 거다. 사랑받으려 애쓰지 마라."

내 말의 요지는 자신에게 더 신경 쓰라는 거였지만 아마도 어린 아이에게는 혼란만 가져다 주었을 것이다. 한동안 그 아이는 풀이 죽어 있었다. 어떤 행동을 해야 내가 좋아할지 가늠하지 못하는 데서 오는 혼란 때문일 것이라 짐작했다. 하지만 그 아이의 어두움은 오래 가지 않을 것을 알고 있었다. 사랑받아야 할 더 많은 존재가 옆에 있었기 때문이다. 20명이 넘는 친구들. 예상되는 행동이었다. 아마 용돈을 받으면 친구들에게 먹을 것을 사 줄 것이고 준비물도 다 나누어줄 것이고 단짝이라는 것을 만들기 위해 애쓸 것이었다. 내 마음이야 어떻든 교실은 평화로웠다. 간간이 아이는 나에게 종이로 하트를 접어 선물했고 고맙다고 웃으면서 뛸 듯이 기뻐했다. 마치 내게 혼난 기억은 꿈이었던 것처럼 아이의 행동은 하나도 달라지지 않았다.

삶에서 풀지 못한 숙제는 비슷한 상황으로 또다시 나타난다고 했던가. 어린 시절 바빴던 부모 대신 할머니가 나를 돌봐줬다. 나는 서른이 넘어 그때의 나를 만나고 있는 것이었다. 그 아이가 나보다는 훨씬 유연하게 학창 시절을 보내길 바라는 마음에서 내 나름 최선을 다했다 여겼다. 하지만 문득, 겨우 아홉 살인 아이에게 내가 너무 큰 걸 바라고 있다는 생각이 들었다. 그 아이의 미래를 나는 단정 짓고 있었다. 젓가락질 못 하는 아이가 평생 밥도 못 먹을 거라 섣불리 일반화하듯, 나는 나라는 한계 너머의 그 아이를 상상하지 못했다. 내가 겪은 건 내가 전부이기 때문에.

그 아이를 위해서이기도 하지만 결국은 나를 위해서, 나는 그 시절 내가 가장 듣고 싶었을 말을 해주기로 했다. 선생님의 칭찬을 간절히 바라고 쓰레기를 줍던 나에게 "도와달라는 말도 안 했는데 왜 그래? 친구들이 스스로 하게 둬."라는 말은 충고가 아니라 비수였다. 그건 해결 방법이 아니다. 모든 것을 내려놓고, 편견 없이 그 아이의 행동을 칭찬하자 나와 그 아이 사이가 한결 편해졌다.

사실 그 아이는 변한 게 없다. 갑자기 부모가 같이 살게 된 것도 아니고 갑자기 현실을 깨닫고 자기 자신을 돌보기 시작한 것도 아니다. 다만 내가 어린 나에게 해줄 수 있는 최고의 보호를 해 주고 있다는 만족감에 내가 마음의 위안을 얻었을 뿐이다.

자존심이 센 아이

나는 자존심이 센 아이였다. 자존심은 나의 슬픔을 드러내지 않겠다는 마음에서 만들어진 것이었다. 내 일상의 큰 사건 중 단 하나도 나의 친구에게 말한 적이 없었다. 아빠의 사업이 망했다는 것도, 우리 집이 힘든 상황인 것도, 그래서 내 부모는 어린 나에게 너무나 큰 기대를 걸고 있다는 것도 말이다. 긍정적이고 강한 아이 코스프레를 꽤 성공적으로 해나갔다. 내가 아무것도 말하지 않으니 친구들은 내가 좋아하는 연예인, 나의 취미와 같은 시시한 것 말고는 나에 관해 아는 것이 없었다. 굳이 궁금해하지 않았고 알 필요가 없었기에 나와 친구 관계를 유지할 수 있었다.

자존감과 자존심은 전혀 다른 특성이다. 나를 있는 그대로 인정하고 싶지 않았기에 남들에게 있는 그대로의 모습을 드러낼 수 없었다. 그들과 나를 비교했기 때문이다. 그들이 가진 것이 '보통'이라면 나는 내가 보통보다 아래 단계에 존재한다는 것을 견딜 수 없어 말을 아꼈다. 언제부터인가 있는 그대로의 나라는 정체성도 흐

려졌다. 가면을 쓰고 살아가다 보면 나 자신을 속이는 것도 수월해진다.

교사가 된 후, 나는 '밝고 긍정적인 선생님'이라는 가면을 쓰고 살아가야 했다. 몸 움직이는 걸 정말 귀찮아하는데 놀이를 해야 했고 딱히 아이들의 모든 행동이 사랑스러워 보이지도 않는데 그런 척했다. 아이들에게 하는 칭찬은 어색하기 짝이 없었다. 칭찬을 하긴 하는데 나조차 몸 둘 바를 몰랐다. 어린 시절의 나는 받아쓰기 백 점 받는 것 정도는 당연한 것이었기에 칭찬의 대상이 아니었다. 밥 잘 먹기, 줄넘기 50개 연달아 넘기, 그림 그리기는 부모의 관심 대상이 아니었기에 칭찬의 범주에 들지 못했다. 그래서 일상의 자잘한 것들을 찾아 칭찬하기가 자연스러워진 것은 교사 7년차가 되었을 때, 즉 이미 서른이 넘어서였다.

매년 교실에는 말이 없는 아이들이 있다. 그 아이들과 소통하는 가장 좋은 방법은 일기이다. 하루는 정말 말이 없는 여자아이가 일기에 그런 말을 썼다. '밥 잘 먹었다고 선생님이 칭찬해줘서 기분이 좋았다' 나는 급식을 골고루 잘 먹으면 "골고루 잘 먹었네!"라는 말과 함께 등을 토닥여 준다. 모두에게 하는 행동이라 나에겐 특별한 일이 아니었는데 그 아이에게는 정말 특별했던 것이다. 생각해 보니 내가 그 아이와 일대일로 대화해 본 적이 한 번도 없었다. "선생님 화장실 가고 싶어요." "선생님 다 했어요." 등 수업 시간에 오가는 이런 일상적 대화 외에 그 아이가 나에게 말을 건 적이 없었기 때문이다. 그 일상적 대화라는 것도 실은 담임 교사에게 어떤 일을 허락받기 위한 부탁일 경우가 대부분이었다.

초등학교 4학년 때의 나 역시 말이 없는 아이였기에, 누군가에게 말로 털어놓는 대신 일기장에 진짜 나의 이야기들을 쓰고는 했다. 선생님은 댓글을 달아주기도 했고 도장만 찍어주기도 했다. 선생님이 내 일기 아래에 댓글을 적어주는 날이 너무 좋았다. 빨간 볼펜으로 적힌 한 문장에서 나는 선생님의 관심을 받고 있다는 순간의 확신을 얻었다. 그때만큼은 내가 서른 명 중의 한 명이 아니다. 나는 관심 받는 소중한 한 명인 것이다.

갑자기 내 교실의 말 없는 아이들이 한 명 한 명 떠올랐다. 이 아이들이 바라보는 나는 어떤 사람일까. 어린 시절 나에게 담임 선생님은 사랑을 줄 수 있는 권위를 가진 존재였는데 이 아이들에게도 그렇지 않을까.

때때로 나는 내가 가진 이 알량한 권위를 무기로 아이들을 내 마음대로 지휘하고 싶은 욕구가 든다. 통제 욕구이기도 하지만 그 근저에 내 권위를 확인받고 싶은 인정욕구도 깔려 있다. 너희가 착하게 행동하면 칭찬해 줄 거야. 너희가 친구들과 사이좋게 지내면 원하는 걸 하게 해 줄 거야. 이런 말의 저변에는 '내 마음에 들게 행동하면 사랑해줄게. 내 사랑을 받고 싶다면 나를 인정해'라는 욕구가 있다. 날 사랑한다면 날 인정해 달라는 유치한 조건. 이런 나의 내면이 느껴질 때마다 나의 한계에 관해 생각한다. 자존심 때문에 입은 갑옷과 가면을 벗어던지고 진짜 내 모습 그대로를 가지고 살아간다면, 나는 교사라는 직업을 가지고 살아 갈 자격이 있을까. 사랑을 무기로 아이들을 쥐고 흔드는 사람인데.

고백컨대, 나는 때때로 아이들이 부러웠다. 일상의 당연한 행동에서도 칭찬을 받는 아이들이, 생일날 네가 태어난 건 축복이라는 말을 당연히 듣는 아이들이, 실패해도 괜찮다는 말을 듣는 아이들이. 그들에게 인정과 사랑을 줄 수 있는 위치를 직업으로 가진 사람으로서 나는 어린 내가 들었다면 좋았을 말들을 그들에게 해 주는 데 익숙한 사람이 되기 위해 애썼다. 하지만 한편으로는 부족한 것 없어 보이는 아이들이 한없이 부러웠다. 때때로 아이들이 받는 관심과 사랑을 보면 세상에 좋은 부모가 참 많다는 사실 때문에 내 어린 시절이 초라해질 때도 있었다. 그리고는 다시 나를 무장했다.

내가 나를 있는 그대로 사랑하는 사람이었다면, 내 어린 시절이 다시 돌아가고 싶을 만큼 아름다운 시간이었다면 나는 더 좋은 교사가 되지 않았을까. 사랑받는 것이 당연해서 아이들에게 사랑을 주는 것이 당연한 사람이었다면, 나는 지금쯤 어떤 교사가 되었을까.

소심한 아이

학교에서는 외향적인 아이들이 먼저 눈에 띄기 마련이다. 발표를 잘하고 뭐든 나서서 표현하기 때문이다. 주변에 친구도 많고 갈등도 수월하게 해결한다. 그렇다 보니 학교생활도 더 유연하게 해낸다. 하지만 자기표현을 잘하지 못하고 말수가 적은 아이들이라고 친구가 많았으면 좋겠다는 욕구가 없는 것은 아니다. 사람이라면 누구나 자기가 하는 일들을 잘 해내고 싶어 한다. 아이들에게 학교생활 중 특히 교우관계란 꼭 잘 해내고 싶은 일이다.

내가 만난 아이 중에는 물건으로 친구를 모으는 아이가 있었다. 인기 있는 만화책을 가져와 나눠 준다거나 간식을 주거나 장난감을 가져오기도 한다. 재미있고 좋은 것을 나누고 싶다는 선의의 마음보다는 인기 있고 싶다는 욕망이 큰 경우가 대부분이다. 평소에는 늘 놀던 한두 명의 친구만 있다가 물건을 가져오는 순간 다른 친구들이 매달린다. 서로 순번까지 정해가며 제발 다음번에는 자기가 가지고 놀게 해 달라고 부탁한다.

어린 시절, 나는 '믿거나 말거나' 류의 책을 몇 권 들고 다닌 적이 있다. 외계인, UFO 이야기가 실린 책이었다. 의도치 않게 그 책은 교실에서 선풍적인 인기를 끌었고 늘 조용하던 내 주변에 친구들이 모여들었다. 그 기분이 낯설지만 나쁘지 않았다. 처음으로 내가 순번을 정할 결정권을 가지게 되었다. 친해지고 싶은 인기 많은 아이에게 먼저 빌려주기도 했다. 3일 정도 그렇게 하다 보니 내 험담을 하는 친구들이 생겼다. 누구에게 빌려주든 욕먹을 각오를 해야 하는 상황에 처하자 불안하고 두려웠다. 가십의 중심에 들어선 상황이 견디기 어려워 다음날부터 그 책들을 학교에 가져가지 않았다. 당연히 내 주변에 모여들던 많은 친구도 더는 찾아오지 않았다. 자연스러운 상황으로 돌아간 것이다. 그리고 나는 사라진 관심이 너무나 편안했다. 주변에 사람이 많다는 것이 결코 자신을 좋아하는 사람이 많다는 것만을 뜻하지는 않음을 알게 된 것이었다.

교사가 된 후, 나는 내 교실에서 만난 나와 같은 아이들이 불편했다. 소심하고 내성적인 그 아이들은 특히 더 사랑과 관심을 필요로 한다는 것을 알기 때문이었다. 어쩌면 그들은 선생님이 나서서 친구를 만들어 주기를, 자신에게 조금 더 사랑을 주기를 바라고 있을 터였다.

학부모 상담을 할 때도 이런 아이들의 부모는 아이의 교우관계에 대한 고민을 주로 털어놓는다. "우리 가족 중에 소심하고 내성적인 사람은 한 명도 없는데 우리 딸은 왜 그런 걸까요?" 그런 말을 들을 때마다 나는 부모님의 학창 시절을 떠올리길 부탁드린다.

"교실에 아이들이 서른 명쯤 있었죠? 그때 인기 많은 아이, 중립을 지키는 아이, 내성적인 아이, 웃긴 아이, 춤 잘 추는 아이, 공부 잘 하는 아이, 참 다양했죠? 지금도 마찬가지예요. 어머님 딸도 교실에 있을 수 있는 성향을 가진 아이인 거고요. 크게 의미부여 하지 마세요."

그럼 부모 대부분은 고개를 끄덕인다. 소중한 자식이 정도를 벗어난 문제는 일으키지는 않을 것이라고 안도하는 것이다. 나는 그들을 위해 한 마디 덧붙이기도 한다. "인생 끝까지 살아봐야 알아요. 지금 내성적이고 소심한 거랑 인생 잘 사는 거랑은 상관이 없어요." 이 말은 사실 그 시절 나를 걱정하던 나의 부모에게 해 주고 싶은 말이기도 하다.

내가 소심하고 내성적인 어린 시절을 보낸 것은 나의 타고난 성향 때문이기도 하지만 나는 소심한 아이가 아니라 적응에 시간이 필요한 아이일 뿐이었다. 사실 부모가 만든 환경의 영향도 컸다. 낯을 가리긴 했지만 나를 '소심한 아이'라는 프레임에 넣어 주야장천 걱정을 하지 않았더라면 나는 조금 더 빨리 틀을 깨고 나올 수 있었을지도 모른다.

내 부모, 그리고 매년 만나는 학부모들에게 하고 싶은 말은, 충분히 주는 것 같아도 아이들은 사랑이 부족하다고 느낄 수 있다는 점이다. 교우관계에 대한 관심, 성적에 대한 염려를 표현하는 것이 사랑의 전부가 아니다. 어떤 아이들에게는 좀 더 용기를 주는 것이 절실할 수 있다. "넌 할 수 있어!"라는 말에는 '난 네가 친구를 더 많이 만들 수 있다고 믿어!'라는 강요가 내재되어 있다.

네가 친구가 없어도 괜찮아. 네가 학교에서 발표 한 번 못하고 와도 괜찮아. 억지로 친해지려고 하지 않아도 괜찮아. 그저 괜찮다는 말 한마디로 아이들은 더 빨리, 자신의 틀을 깨고 나오기도 한다. 소심한 게 아니라 적응에 시간이 필요할 뿐이니까.

도벽이 있는 아이

초임 교사였을 때, 나는 아이들에게 칭찬스티커를 자주 나눠주었다. 발표를 잘할 때마다, 맡은 일을 잘할 때마다 스티커를 주는 것이다. 그저 스티커일 뿐이지만 아이들은 그 하나를 받기 위해 혈안이 되었다. 상품 때문이다. 10개를 모으면 우유에 타 먹는 코코아 스틱, 20개를 모으면 청소 면제권 등 스티커의 개수에 따라 상품의 질도 달라졌다.

문제는 그 상품들이 내 서랍에서 하나씩 없어지면서부터였다. 여느 때처럼 10개의 스티커를 모은 아이들에게 코코아 스틱을 주려고 서랍을 열었는데 남은 개수가 내 기억과 달랐다. 처음에는 기분 탓이려니 했다. 내가 착각했을 수도 있으니. 그런데 어느 날부터 사라지는 개수가 눈에 띄게 많아졌다. 범행이 대범해지기 시작한 것이다.

나는 자연스레 맨 앞에 앉은 아이를 의심했다. 정황상 가장 합리적인 의심이었다. 나도 꽤 일찍 학교에 도착하는 편인데 나보다 먼

내일은 괜찮아질 거야

저 학교에 도착하는 아이는 그 남자아이가 유일했다. 상황 증거가 모두 그 아이를 가리키고 있었다. 하지만 섣부르게 몰아세울 수는 없었다. 나는 고민 끝에 그 아이보다 일찍 학교에 왔다. 그리고 아이가 왔을 때 일부러 교실을 비워 두었다. 잠시 후, 다시 교실로 들어온 나는 곧바로 코코아 스틱 개수가 더 줄어든 것을 발견했다. 아이가 슬쩍 내 눈치를 봤다. 그 눈빛에서 그 아이가 가져갔음을 확신할 수 있었다. 사물함을 열어봤더니 역시나 훔친 코코아 스틱이 들어 있었다. 화가 날 대로 난 나는 이유를 물어보며 아이를 몰아세우고 반성문을 쓰게 하고 보호자에게 전화를 했다. 차분한 어조였으나 요지는 당신의 자식이 도벽 습관이 있으니 가정에서 지도를 부탁드린다는 내용의 통화였다.

아이의 아버지는 한숨을 푹 내쉬었다. 죄송하다고 하더니 잘 지도하겠다고 했다. 아이는 부모의 이혼 후 아버지와 살고 있었다. 수화기 너머 아버지의 한숨에서 나는 왠지 모를 죄책감을 느꼈다. 그 아버지의 속마음은 이런 것이 아니었을까. '선생님. 저도 혼자 아이 둘 키우는 게 쉽지 않네요. 힘내서 살아가고 있는데 이런 전화 받으니 기운이 쭉 빠지네요.' 아이의 담임 교사에게는 털어놓지 못한 속마음을 그 아버지는 어떻게 풀었을까. 아이에게 화풀이를 했을까. 혼자 소주를 마셨을까. 아니면 아직까지 묻고 살아갈까. 시간이 꽤 흘렀지만 그날의 기억은 잊히지 않았다. 내가 뭐라고 그런 아픔을 당당히 줬을까. 나도 별 다를 것 없었는데.

나도 어린 시절 도벽하는 습관이 있었다. 그때 나의 부모는 한창 돈 때문에 서로를 갉아 먹고 있었다. 아내는 남편이 돈을 벌어오지 못해서, 가장 노릇을 못해서, 그래서 자신이 뼈 빠지게 마트에서 일하고 있는 게 억울했고 남편은 한다고 하는데 안 풀리는 인생을 가족에게조차 이해받지 못해 겉돌고 있었다. 나는 단 한 번도 갖고 싶은 것을 사달라는 말을 한 적이 없었다. 그러다 어느 순간, 억울해지기 시작했다. 그렇게 싸울 거면 도대체 자식은 왜 낳았냐고 묻고 싶었다. 엄마, 아빠처럼 살기 싫으면 공부하라는 말도 참을 수 없는 지경이 되었을 때, 더는 그들을 헤아리고 싶지 않았을 때 지갑에 손을 댔다. 처음에는 몇천 원 정도 가져가 친구들에게 떡볶이 같은 주전부리를 사주기도 하고 장난감을 사서 친구들 틈에 끼려 했다. 그러다 점점 돈의 단위가 커졌다. 오락실도 가고 싶고 코인 노래방도 가고 싶고 옷도 사고 싶었다. 그 물건들이 가지고 싶었다기보다는 사실 누군가와 함께하고 싶었다. 진짜는 아닐지라도 순간순간 일상을 나누고 싶었다. 힘든 건 털어놓을 수 없지만 그래도 가볍게 웃으며 즐거움을 느끼고 싶었다. 집에 들어가기 싫어 최대한 밖을 방황했다. 부모에게 호되게 혼났고 많이 맞았다. 그래도 그 습관은 쉽게 고쳐지지 않았다.

세월이 지난 후 지금에야 생각하니, 나는 그 아이를 참 많이 밀어냈다. 마주하는 것이 힘들었다. 사랑이 부족해서, 불안해서 휘둘리는 아이를 보면 내 어린 시절이 생각났다. 가뜩이나 자랑할 것 없는 어린 시절 중에서도 가장 어두웠던 때가 생각났다. 만일 지금 만났다면 그 아이와 조금 더 깊은 대화를 해 볼 텐데. 어쩌면 서로를 가장 잘 이해하는 관계가 되었을 텐데….

내가 도벽하는 습관을 없앨 수 있었던 것은 그 시절 부모의 체벌과 훈육 때문이 아니라 초등학교를 졸업하면서 내가 내 삶을 바로잡고 싶다는 생각이 들었기 때문이었다. 대부분 아이는 아는 친구가 최대한 많은 중학교로 진학하고 싶어 했지만 나는 아니었다. 아는 사람이 없는 곳에서 새로 시작하고 싶었다. 익숙한 곳에서는 아는 이들의 잣대와 판단에 휘둘리기 쉽지만, 아는 사람이 없는 곳에서라면 흔들리지 않고 지낼 수 있을 것 같았다. 그리고 기적처럼 정말 그렇게 되었다. 간절히 바란 대로 반에서 딱 두 명만 배정된 외떨어진 중학교에 배정되었다. 그날 이후, 나 자신과 약속한 대로 삶을 바로잡기로 다짐했다. 깊게 고민하지 않고 부모가 하라는 대로 공부했다. 그게 가장 쉬웠다. 미숙했지만 나의 부모는 당신들의 최선을 다했고, 내 방황의 시기를 사죄하고 싶기도 했다. 그 이후에도 나는 많이 휘둘렸고 아팠지만 결국 부모에게 속마음을 털어놓는 것에는 이르지 못했다. 그들은 내가 남들 다 겪는 사춘기를 좀 일찍 겪고 지났다 생각할 뿐이다. 어쩌면 그 아이의 아버지도 그렇게 생각했을지 모른다.

이제 그 아이는 성인이 되었을 것이다. 어쩌면 어엿한 사회인이 되었을지도 모른다. 때때로 나는 집 근처 중학교에 내가 배정받았을 때 살게 되었을 시간에 대해 생각한다. 최악으로 치달을 수도 있겠지만 남들보단 늦을지라도 결국 내 삶을 바로 세웠을 것이다. 사람은 최악이라 생각할 때 오히려 자신을 구하게 된다. 인정받으려 노력했는데 하나도 받지 못한 삶이 억울해서 나라도 나를 인정하게 되는 것이다. 너 참 고생했다고.

그 아이에 대해 생각할 때면 늘 미안하다. 하지만 마주쳐도 미안하다는 말은 나오지 않을 것이다. 그 시절 내가 담임 교사로서 해야 할 '행동'에서 어긋나는 행동은 하지 않았기 때문이다. 내가 가졌던 개인적인 마음을 이야기해서 속 시원해지는 것은 나뿐이다. 그 아이에게 나는 어린 시절 자신의 부끄러운 행동을 알아챈 한 명의 담임 교사일 것이다. 그리고 그렇게 알고 있는 것이 자연스럽다.

그저 지난 시간, 나보다 좋은 교사를 많이 만났기를 바란다. 좋은 사람을 많이 만나 관심받고 사랑받았기를 바란다. 부모가 사랑을 주지 않아도, 비뚤어진 애정을 쏟아도, 친구들이 다 너보다 행복해도 너만은 자신을 믿기를 바라고 또 바란다. 이것이 과거의 내가 지금껏 회피해 온 모든 아이를 위해 할 수 있는 최선의 사과이다.

성 조숙증이 있는 아이

　　　　살다 보면 예기치 못한 순간에 '아, 이걸 위해 내가 그런 일을 겪었구나…'라는 깨달음이 오는 때가 있다. 예전에 학부모 상담을 하면서 겪은 일이 그랬다. 매년 초(교사에게 매년 초란 새 학기가 시작되는 3월을 말한다) 새 학기가 시작되면 학교에서는 학부모 상담주간을 실시한다. 학부모를 만나 아이에 관해 이야기를 나눌 수 있는 공식적 시간이라 많은 학부모를 만나게 된다.

　나의 교실에는 유난히 웃는 모습이 예쁜 아이가 있었다. 30대 중후반쯤 되어 보이는 여자가 교실로 들어왔을 때, 나는 한눈에 그녀가 그 아이의 엄마임을 알아보았다. 웃는 모습이 정말 똑같았다. 그녀는 밝게 웃으며 나와 마주 보고 앉았다. 박수까지 치며 털털하게 웃는 그녀의 모습에 긴장도 풀리고 마음이 편안해질 무렵, 아무렇지도 않게 딸의 '성 조숙증'에 대한 이야기를 했다.

　"아, 선생님. 우리 딸이 가슴이 아프다고 해서 혹시나 싶어서 호르몬 검사를 받았는데 성 조숙증이라고 하네요. 그래서 한 달에 한 번 정도 병원에 검사 받으러 가야 해서 결석을 할 것 같아요. 양해 부탁드려요."

그녀는 시종 웃음을 잃지 않았고 나도 괜히 크게 받아들이고 싶지 않아 웃으며 알겠다고 했다. 잠시 침묵한 후 그녀는 한숨을 한 번 내쉬고 말을 이었다. 다른 건 걱정이 안 되는데 키가 걱정이라고 했다.

또래에 비해 유독 키가 작은 편인 아이가 떠오르자 그 걱정도 이해가 되었다. 그런데 호르몬 주사를 맞다 보면 키가 멈춘다고 한다. 내가 그녀의 고민에 공감하며 고개를 끄덕이자 그녀는 다시 웃으며 말했다. "뭐, 괜찮아요. 전 개그우먼 중에 박나래가 너무 멋지고 좋던데 키 작아도 그렇게 신나게 살면 더 바랄 게 없겠어요." 나는 그녀의 말을 들으며 나도 모르게 나의 어린 시절 이야기를 했다.

어린 시절, 나는 또래 여자친구와 비교해 유난히 발육이 빨랐다. 발육이라는 것이 키를 말하는 것이 아니라 2차 성징이 빨리 나타났다는 뜻이다. 초등학교 5학년 때 초경을 했다. 피구를 하다 갑자기 '왈칵' 하고 뭔가 쏟아지는 기분이 나서 곧바로 집에 왔다. 화장실에 가 속옷을 확인했더니 피가 흥건했다. 무섭고 놀라웠는데 더 무서웠던 것은 피가 멈추지 않았다는 것이었다. 너무 당황한 나머지 한 시간 지나면 피는 멈출 거라고 주문을 외웠다. 하지만 피는 멈추지 않았다. 주문을 외운 지 몇 시간 후 엄마가 왔고 나보다 더 당황하며 자신의 생리대 하나를 건네주었다. 내 키는 초등학교 5학년 때 멈추었고 그때부터 또래보다 키는 작은데 발육은 빠른 아이가 되었다. 이런 이야기를 한 후 나는 내 말을 경청하는 그녀를 향해 말했다. "어머니, 저도 키 엄청 작은데 생각보다 사는 데 크게 불편한 건 없어요. 괜찮아요."

사실이다. 나의 부모는 나의 이른 2차 성징을 걱정스러워하지 않았다. 대신 부끄러워했다. 나 역시 부끄럽고 수치스러웠다. 키가 작아 불편한 것보다는 2차 성징으로 나타나는 것들을 감춰야 하는 것이 더 힘들었다.

무엇 때문에 울었는지는 모르겠지만 내 앞에 앉은 그녀의 눈에 눈물이 맺혔다. 내 어린 시절 이야기가 그녀에게는 위안이 되었던 것 같다. 그녀는 좋은 엄마다. 적어도 아이의 빠른 발육에 당황하지 않고 아이를 다독여 줄 것이고, 아이 스스로 몸에 나타난 변화를 부끄러워하지 않도록 차분히 알려줄 것이다. 작은 키가 콤플렉스가 되지 않도록 밝게 웃으며 응원할 것이고, 그녀의 웃음 덕에 아이도 마음이 무너지기 전, 한 번 더 자신을 다잡을 것이다.

그녀가 돌아간 후, 나는 어린 시절 나의 콤플렉스였던 2차 성징에 대해 생각했다. 브래지어를 반에서 처음 착용하는 사람이 된다는 것, 달리기 수업을 할 때마다 바닥을 보며 걷기를 택해야 하는 것, 또래와 다르다는 이질감. 그 덕에 사춘기도 빨리 찾아왔다. 나는 왜 이렇게 남들보다 힘든 거냐고, 왜 친구들과 비슷한 게 하나도 없냐고 믿지도 않는 신을 원망했다. 평생 이렇게 겉돌며 살아야 한다는 생각에 자기 비하에 빠지기도 했다. 그런데 이렇게 순식간에, 예기치 못한 순간에 그 콤플렉스 덩어리들이 한 군데 뭉쳤다 사라져버렸다. 아, 그 아이를 불쌍하게 보지 않기 위해, 한 번 더 응원해 주기 위해 내가 그런 일을 겪었구나. 아니지. 어쩌면 서로에게 거울이 되기 위해, 응원받지 못했던 나를 응원해 주라고 그 아이가 내 교실에 왔구나.

나는 그 아이 덕분에 잊었다 생각했던 나의 콤플렉스를 다시 느끼게 되었고 이후 그 시간들은 비로소 지나갔다. 이미 지난 일을, 돌이킬 수 없는 시간을 끌어안고 산 것은 나였다. 받아들이고 나자 그 일은 자신의 역할을 다 했다는 듯 더 이상 콤플렉스가 아니게 되었다.

나는 나의 거울이 되어 준 그 아이가 병원에 가서 호르몬 주사를 맞더라도, 또래보다 키가 작더라도, 그건 그저 일어난 하나의 사건일 뿐임을 알기를 바란다. 그 일이 그 아이의 인생에 절대 장애물이 되지 않기를 바라고 또 바란다.

칭찬을 갈망하는 아이

　　　　　매년 교실에는 교사의 칭찬을 바라는 아이들이 있다. 칭찬을 싫어하는 아이가 있을까. 모든 아이가 인정과 사랑을 원하지만 때로 그 마음이 과한 아이들이 있다. 뭐든지 교사의 마음에 들도록 행동해 인정받으려는 마음이 강한 아이들이다.

　교사가 된 지 얼마 되지 않아 만난 아이는 인정과 사랑에 대한 욕구가 유난히 컸다. 학교에만 오면 친구들에게 심한 장난을 치고 끊임없이 이야기했다. 그 아이는 첫째였다. 아래로 두 명의 동생이 있었는데 동생들에게 나누어진 부모의 사랑을 되찾으려다 보니 퇴행하게 된 경우였다.

　그 아이는 충분히 사랑스러웠는데 자기 스스로 자신이 사랑스럽다는 것을 알지 못했다. 외부로부터 그것을 듣고 인정받아야지만 겨우 안심했다. 나는 아이가 안쓰러웠지만 동시에 귀찮기도 했다. 나에겐 함께 봐야 하는 스물다섯 명의 아이가 있는데 한 명의 아이에게 에너지를 쏟고 있을 수는 없었기 때문이다.

그 아이는 때때로 내 자리를 청소하기도 했고 나에게 종이접기를 해서 선물하기도 했다. 편지를 쓰기도 했다. 고맙긴 했지만 한편으로는 부담스러웠다. 아이에게 대가를 바라는 마음이 있다는 것을 알기 때문이다. 다른 친구보다 나를 더 봐주기를, 나를 더 사랑해주기를 바라는 마음이 느껴져 때로 그 아이를 피하고 싶었다.

초등학교 4학년 때, 나는 누구보다 사랑이 고픈 아이였다. 당시 담임 선생님은 엄마 나이 또래의 여자분이었는데 겉도는 나를 다른 친구들보다 더 보듬어 주었다. 선생님이 바라는 것은 아마 내가 또래 다른 아이들과 즐겁게 학교생활 하는 것이었을 텐데 나는 오히려 선생님에게 집착하는 아이가 되었다. 정확히 말하면 선생님의 관심을 나에게 잡아두고 싶었다. 일기를 쓰는 날이면 언제나 선생님에게 고맙다는 편지를 썼고 선생님 주변을 서성였다. 글쓰기를 할 때도 선생님이 좋아할 만한, 칭찬받을 만한 글을 썼다.

생각해 보면 나는 그때 애정의 기반이 없는 상태였다. 불안한 나의 마음을 뿌리내릴 안정적인 대상이 필요했던 것이다. 사랑과 인정을 갈망하는 아이의 모습이 안타깝게 여겨진 것은 그 아이의 행동 원인이 불안이라는 것을 알기 때문이다.

그 아이도 과잉된 행동으로 친구들의 관심을 받으려 했고 친구들을 즐겁게 해 주면서 자기를 좋아하게 만들려 했다. 내가 좋아할 만한 글을 쓰고 행동하여 인정받는 학생이 되고자 했다. 하지만 그게 뜻대로 되지 않으면 짜증을 내거나 울거나 과잉 행동을 했다.

4학년 때의 내가 받고 싶었던 것은 변치 않는 안정적인 관심과 인정이었다. 아마 그 아이도 마찬가지였을 것이다. 하지만 사랑을 주면 더 달라고 애원하는 아이는 단순히 칭찬해 준다고 해서 안정을 찾지 않는다. 근본적인 불안을 해소하지 못하면 단순히 관심을 준다고 해서, 칭찬을 받는다고 해서 나아지지 않는다. 아이들의 행동 동기는 생각보다 깊고 넓게 뻗어 있다.

그 아이를 대하는 것이 어려웠다. 어디까지가 아이를 대하는 적당한 선인지를 끊임없이 고민해야 했다. 아이의 부모와도 이야기를 해봤지만 뾰족한 수가 없었다. 그렇다고 부모가 일을 그만두고 아이 옆에만 붙어 있을 수도 없고 예전처럼 그 아이에게만 사랑과 관심을 줄 수도 없는 노릇이니.

4학년 때의 나는 당시 담임 선생님 덕분에 학교생활에 재미를 느꼈었다. 하지만 그게 결핍의 치유는 아니었다. 단지 순간의 안정을 느낄 수 있었을 뿐이었다.

사랑과 관심을 갈망하는 아이들을 만날 때마다 나는 초등학교 4학년 때의 내가 생각난다. 나는 당시의 담임 선생님처럼 그저 순간의 안정을 줄 수 있을 뿐이다. 그 아이들은 학교에서 진짜 치유를 하지는 못할 것이다. 그러나 그렇다고 해서 순간의 안정을 불필요한 것이라 할 수는 없다. 불안이 심했던 나에게 누군가의 관심이 숨구멍이 되었듯, 이 아이들 역시 그럴 것이다. 그저 나는 순간에 줄 수 있는 것을 줄 뿐이다.

분노로 가득 찬 아이

초임 교사 시절 내 교실에는 분노를 주체하지 못하는 아이가 있었다. 한 번 화가 나면 물건을 던지거나 책상을 뒤엎기도 했다. 처음에 그 아이가 화내는 모습을 봤을 때 당황스럽기도 했지만 동시에 어릴 때 같은 반이었던 남자아이가 떠올랐다.

초등학교 3학년 때 같은 반이었던 그 남자아이는 평소에는 친구들에게 무던하고 친절했다. 하지만 한 번 화가 나면 눈빛이 돌변하고 친구를 때리기도 했다. 하루는 장난을 치다 친구의 머리에 부딪혔는데 갑자기 내 뺨을 때렸다. 나를 포함한 주변 친구 모두가 당황했다. 나를 노려보며 씩씩거리는 표정을 보니 어떤 반응도 할 수 없었다. 모두의 시선에 이미 나는 수치스러움을 느낀 상황이었다.

나는 무작정 도망쳤다. 눈물이 쏟아졌는데 그게 뺨이 아프기 때문인지 남들 앞에서 뺨을 맞았다는 것에 놀랐기 때문인지 분간이 되지 않았다. 나는 내가 뺨을 맞았다는 것을 선생님에게도 부모님에게도 말하지 않았다. 그저 없던 일이 되기를 바랐다. 그 아이는 나에게 사과하지 않았다. 나도 아무 일 없었던 것처럼 행동했다. 다음날 그 아이는 다시 무던하고 친절하게 친구들을 대했다.

여자아이 역시 마찬가지였다. 책상을 뒤엎고 소리지르고 화를 내다가도 그 순간이 지나면 친구들에게 친절하게 대하고 미안하다며 먼저 사과하기도 했다. 주변 아이들은 어릴 때의 나처럼 혼란스러웠을 것이다.

친구의 말에 속이 상한 아이가 책상을 뒤엎고 소리를 지르기 시작하자 나는 당황스러웠다. 동시에 나를 바라보는 수많은 눈빛을 느꼈다. 다른 아이들을 위해 내가 이 아이의 행동을 멈춰야 하는 것은 알겠는데 도대체 어떻게 멈춰야 할지 가늠이 되지 않았다. 타일러도 보고 꾸중도 해 봤지만 아이의 행동은 달라지지 않았다.

그 아이와 함께 보낸 1년 동안, 나는 학교에서 매일 지쳐 있었고 긴장해 있었다. 언제 폭발할지 모르는 아슬아슬한 분위기 속에서 버티는 기분이었다. 나는 교사로서 내 자질에 한계를 느꼈다. 도저히 그 아이마저 보듬을 만큼의 그릇은 되지 않는 것 같았다.

나를 가장 힘들게 한 것은 내가 이 아이를 피하고 싶어 하는 마음을 인정하는 것이었다. 나는 애써 내 마음을 부정했다. 그 아이를 바꾸려 해보고 나는 그래도 너를 믿는다는 메세지를 전달하려고도 해 봤지만 통하지 않았다. 사실 내 마음은 그 아이를 위하기보다는 그저 조용하고 평화로운 교실을 만들어야 한다는 것에 가까웠다. 어쩌면 아이도 나의 마음을 알고 있었을지도 모른다. 너를 믿는다, 사랑한다는 나의 말 저변에 깔린 진심은 제발 힘들게 좀 하지 말라는 무언의 압박이었음을.

내 교실에서 일어나는 상황에 자존심이 상함과 동시에 모든 일이 내 탓인 것처럼 느껴졌다. 나는 무서운 선생님도 아니고 덩치가 크지도 않고 목소리가 크지도 않다. 나름 친절한 선생님으로 기억되고 싶어 노력했다. 그런데 그 노력이 통하지 않는다고 해서 내가 무능력한 교사가 되어야 하는 것인가.

아이를 향한 원망이 튀어나오려 할 때마다 나는 그 마음을 감추었다. 그리고 그 아이에게 의도적으로 더 잘해주었다. 이런 나의 이중적인 모습이 도대체 모순된 그 아이의 행동과 무엇이 다른지. 다만 나는 어른이고 나의 마음을 겉으로는 감출 수 있게 되었을 뿐인데.

일 년 동안 온갖 일을 겪고 난 후, 아이와 나는 묘한 유대감이 생겼다. 신기하게도 학년이 올라가고 나자 아이는 나에게 더 호의적이고 친절했다. 다음 해에 지하철역에서 우연히 그 아이를 만났다. 원망과 미움 대신 반가운 마음이 치솟았다. 아이는 나를 보고 수줍게 웃더니 고개 숙여 인사를 했다. 그 순간 느낀 유대감을 뭐라 설명해야 할지.

일 년 동안 나와 아이는 서로에게 어떤 영향을 주고받았던 것일까. 지나고 보니 나 역시도 아이의 행동 하나하나를 주시하며 비난의 잣대를 들이밀기 바빴고 사태를 수습하기에만 급급했다. 하지만 동시에 과격한 행동의 원인이 되는 사건들, 아이의 마음속 상처에 대해 가까이 들여다보는 시간을 갖기도 했다. 내 마음뿐 아니라 분명 아이의 마음에도 갖가지 파동이 있었을 것이다. 지나보니 그 아이도 나름의 최선을 다한 것이었다.

시간이 모든 것을 해결해 주지는 않는다. 다만, 시간이 지난 후에야 그 시절의 격한 감정들을 희석하고 객관적으로 바라볼 수 있게 된다.

밝고 긍정적인 아이

학창 시절에 가장 부러웠던 친구들은 밝고 외향적이라 주변에 사람이 많은 친구였다. 생각이 많고 걱정도 많았던 나는 친구에게 먼저 다가가는 것이 언제나 힘들었다. 다가가기도 전에 거절당할 것이 두려웠고 누군가가 날 불쌍하게 보는 게 싫어서 언제나 괜찮은 척했기에 먼저 다가오는 친구도 없었다.

교실에는 매년 흔히 '아이'라고 생각하면 떠오르는 이미지 그대로 밝고 긍정적인 아이들이 있다. 그 아이들은 부모로서도, 교사로서도 대하기 편한 아이들이다. 학년이 바뀌면 어느 정도 긴장은 하겠지만 금방 적응한다. 심지어 학년이 변하는 큰 변화 앞에서 설레하기도 한다. 그 아이들의 미래는 당연히 밝을 것이라 모두가 짐작한다. 친구도 쉽게 사귀고 먼저 다가갈 줄 안다. 한마디로 학교를 힘들어하지 않는다. 물론 학년이 올라가고 해야 하는 공부가 늘어나면 늘어날수록, 숙제가 많아지면 많아질수록 힘들 테지만 적어도 학교가 진짜 가기 싫은, 억지로 버텨야 하는 곳은 아니라는 것이다.

나와 만난 아이 중에도 그런 아이가 많았다. 나는 그런 아이였던 적이 없었기에 처음에는 그 아이들이 낯설었다. 나와는 다른 아이들, 아마도 학교생활을 훨씬 수월하게 해 나갈 아이들. 부러웠다. 타고난 성향이 삶을 훨씬 수월하게 살게 해 줄 테니까.

아이러니하게도 나는 결핍이 있는 아이들에게 신경이 더 쓰였지만 너무나 쉽게 공감되는 그 아이들의 외로움과 불안은 외면하고 싶었다. 나를 받아들이기 어려웠기 때문이다. 나도 그저 즐거운 학창 시절을 보낸 사람인 척하고 싶었다.

행복한 유년시절은 나는 절대 가질 수 없는 것이기에 그 아이들을 볼 때면 마음 한편이 아려왔다. '어떤 부모를 만나면, 어떤 말을 듣고 자라면 저렇게 밝을까. 나는 왜 저런 것들을 타고 나지 못했을까…' 해봤자 답 없는 질문들을 스스로에게 던져보곤 했다.

'밝고 건강하게만 자라다오.' 모든 부모의 바람이라고 한다. 하지만 그 바람을 부모를 포함한 모든 어른은 너무나 당연하게 여기기도 한다. '아이라면 당연히 이래야지!'라는 멋대로 정한 이미지에 아이들을 욱여넣는다. '밝고 건강하게만 자라다오.' 이 말은 아이라면 밝고 건강하게 자라는 것은 기본이라는 말과 같다.

밝고 긍정적인 아이들이 학교생활을 수월하게 해나가는 것은 사실이다. 하지만 내성적이고 소심한 아이라고 해서 부족한 취급을 받을 필요는 없다. "친구한테 먼저 가서 놀자고 해 봐, 왜 혼자 있어? 친구랑 놀기 싫어?" 이런 말들을 유년기 내내 들어왔다. 먼저 가서 놀자고 하는 것이 나에겐 두려움과 불안이었고 친구랑 놀기 싫은 건 아닌데 그렇다고 누가 억지로 떠미는 것이 좋지도 않았다. 몰라서 안 하는 게 아니다. 그냥 그 자체가 힘들고 준비가 되지 않은 것이다.

교사라는 이유로 내가 당연하게 저질러 온 실수들이 떠올랐다. 나 역시도 과거의 나를 이해하지 못했다. 밝고 긍정적인 아이들은 아이로서 당연하니 걱정할 필요 없는 아이라 생각했고, 내성적이고 소심한 아이들을 보면 조치를 취하여 해결해야 할 문제라고 생각했다. 혼자 있는 아이들에게 내가 어릴 적 들었던 말들을 똑같이 하고 있었던 것이다.

아이들은 밝고 긍정적이든, 내성적이고 소심하든 상관없이 모두 나름의 삶을 살아간다. 자신의 특성이 도움이 되기도, 걸림돌이 되기도 하는 순간들이 있을 것이다. 아이들이 어른이 대하기 편한 대상이 되기 바라는 것은 어찌 보면 오만이다. '내가 지나온 시간이니, 내가 살아 본 시간이니 너희보단 잘 안다. 이런 성격이라야 살기 편하단다!' 라는 오만 말이다.

새로운 것이 두려운 아이

   몇 해 전, 내가 만난 아이는 새 학기 2주 내내 엎
드려 있었다. 새로운 환경에 적응이 되지 않으니 아무것도 하지 않
기로 결심한 것처럼 말이다. 아이의 부모와 이야기를 나눠 보니 유
치원 다닐 때도 초반에는 늘 힘들어 했다고 한다. 나는 일단 기다리
기로 했다. 비슷한 경우가 많았기에 딱히 큰 걱정이 되지도 않았다.

 초임 교사일 때, 내가 만난 여자아이는 한 학기 내내 나와 말 한
마디도 하지 않았다. 쉬는 시간이면 친구들과 장난치며 놀다가도 수
업 시간이면 입을 닫았다. 발표도 하지 않고 모둠 활동을 할 때도
아무 역할도 하지 않았다. 그랬던 아이가 2학기가 되자 모둠 활동
도 하고 친구들과 더 많이 어울리기 시작했다. 어떤 변화가 있었는
지 나로서는 알 수 없지만, 그저 그 아이에게 시간이 필요했을 뿐이
라는 것은 알 수 있었다.

 초등학교에 다닐 때, 내가 가장 두려워하는 일은 학년이 올라가
는 것이었다. 정확히 말하면 학년이 올라가서 새로운 사람들에게 적

응해야 하는 것이었다. 겨우 적응될 만하면 1년이 지나고 새롭게 누군가와 만나야 했다. 나는 새 학기 초까지도 그나마 친했던 친구를 잊지 못해 매번 그 친구의 반을 찾아갔다. 그러다 그 친구가 다른 누군가와 이미 친해진 것을 보면 그제야 누군가와 관계를 맺을 준비를 하곤 했다.

학년이 올라가야 할 때면 늘 울었다. 겨우 적응했는데 또다시 누군가를 만나야 하다니. 드디어 서로 어느 정도 알게 되었는데 새롭게 시작해야 하다니. 새로운 모든 것은 겨우 찾은 안정을 위협하는 것이었고 두려움이었다.

나의 부모는 그 상황을 그다지 심각하게 생각하지 않았다. 내가 정이 많아 사람들과 헤어지는 일을 힘들어하는 거라 생각했다. 실은 내가 겨우 맺은 관계들이 없었던 것이 될까 두려웠을 뿐인데.

새로운 일을 시작하는 것이 유난히 어렵고 힘든 아이가 있다. 대부분은 두려움과 불안이 원인이다. 그리고 그것을 해결해 줄 수 있는 것은 자기 자신뿐이다. 누군가 대신 마음을 들여다봐 줄 수 없고 대신 문제를 해결해 줄 수 없다. 억지로 발표를 시킨다고 나아지는 것도 아니고 부모가 어르고 달래는 것도 한계가 있다. 그저 자기 스스로 필요하다고 느껴야 한다. 시간이 지나고 이 교실이 안전한 곳이라고 느껴질 때, 좋은 몇몇 사람들이 눈에 들어올 때, 안정적으로 지낼 수 있는 공간이라고 판단될 때 그 아이들은 스스로 고개를 든다.

교사가 된 후 처음 몇 해 동안은 어떻게든 이 아이들이 억지로 뭔가를 하게 만들려고 애썼다. 그러다 문득, 나도 그런 아이였다는 것이 떠올랐다. 초등학교 내내 나는 학년이 올라갈 때마다 우는 아이였고 새 학기가 되면 한 달 정도는 학교 가기 싫어했다. 그래서 그 아이들을 싫다는 건 시키지 않고 내버려 두었다. 그랬더니 생각보다 빨리 아이들은 교실에 적응하기 시작했다.

교사의 역할은 때로 기다림이 전부인 것도 있다. 기다리되 믿고 기다릴 것, 그 아이들 덕분에 알게 됐다. 교사는 조력자 외에 아무것도 아니라는 것을 말이다.

이제야 보이는 것들

11살 때의 차별

내가 초등학교 4학년 때 만난 담임 선생님은 좋은 사람이었다. 당시 엄마와 비슷한 나이셨는데, 누구보다 열심히 아이들과 놀아주었고 언제나 성실하게 수업 준비를 하며 아이 한 명 한 명의 말에 귀를 기울이는 분이었다. 나는 그전까지 학교가 즐거웠던 적도, 누군가의 눈에 들었던 적도 없었기에 4학년이 되었을 때도 역시 별 기대가 없었다. 그저 또다시 새로운 누군가와 1년을 시작해야 하니 긴장되고 불안했을 뿐이었다.

선생님은 아이들의 일기마다 댓글을 달아주었다. 나는 그 댓글 하나를 위해 일기마다 선생님이 좋아할 법한 이야기들을 적기도 했다. 선생님은 투명 인간처럼 조용히 있던 나를 끌어내 주었다. 말이 없고 어울리지 못하는 내가 안쓰러웠던 것 같다.

그래서였는지 다른 친구들보다 유난히 나를 더 챙겨주었다. 먼저 다가와 말을 걸기도 했고 방과 후 집에 갈 때쯤 사탕 하나를 손에 쥐여주기도 했다. 친구들 앞에서 내가 한 과제를 칭찬해 주기도 했다. 그러다 보니 나를 질투하는 아이들도 생겼다. 나는 친구들의 질투는 안중에도 없고 그저 선생님의 관심이 나에게 머물기를, 나를 다른 친구들보다 더 신경 써 주기를 바라는 마음만 가득했다. 일부러 선생님 주변을 서성이기도 했고 선생님의 반응을 바라면서 쪽지나 선물을 놔두기도 했다. 친구들 눈에 내가 어떻게 보일지는 관심 밖이었다. 그러다 보니 선생님도 지친 것 같았는데 그럴수록 나는 더 애가 달았다.

내가 교사가 된 후에야 그 선생님의 마음을 이해하게 되었다. 혼자 있고 소외된 누군가를 조금 더 챙겨주고 끌어내어 주고 싶은 마음이었을 것이다. 외롭고 고단한 마음을 지닌 아이가 자기에게 무조건 의존하기 시작했을 때, 그 아이 혼자만 있는 교실이 아니기에 다수의 다른 아이들을 외면할 수 없는 마음은 얼마나 지쳤을까.

나에게 4학년은 오직 그 선생님 덕분에 초등학교 6년 중 가장 행복했던 시기였다. 교과는 어려웠고 집안 환경은 나아지지 않았지만, 그런데도 학교에서 의지할 사람이 있었기 때문이었다. 그 선생님에게는 그때가 어땠을까. 선생님은 어떤 유년 시절을 보냈길래 어떤 마음으로 나를 보듬어 주고 끌어내 주려 했을까.

초등학교에서 담임 선생님의 권위는 생각보다 크다. 특히 아이들이 어릴수록 더 그렇다. 어떤 권위 있는 사람이 나를 특별히 예뻐하고 챙기는 마음은 초등학교 4학년이었던 나에게는 놓치기 싫은 기쁨이었다. 반 친구들보다 내가 더 뛰어나다는 약간의 우월감과 선생님에게 내가 특별하다는 느낌은 1년 동안 나를 지탱해 준 에너지가 되었다.

하지만 4학년이 끝날 무렵, 선생님의 바람과는 달리 나는 친구들과 잘 어울리기보다는 알량한 우월감을 놓기 싫어 전전긍긍하는 아이가 되어 있었다. 그나마 다행이라면 학교를 더는 두려워하지 않게 되었다는 점이었다. 겉으로 보기에 나는 친구도 생겼고 다른 아이들과 같이 어울려 놀기도 했고 선생님에게도 스스럼없이 다가갔기 때문이다.

이제 교사가 된 후 아이들을 볼 때마다 내가 어디까지 개입해야 하는지, 내가 해줄 수 있는 일이 어디까지인지 고민하는 경우가 많다. 다양한 특성을 가진 아이 모두 내가 하나하나 봐줄 수는 없는 노릇이고, 더 도움이 필요한 아이에게 저절로 눈이 가게 마련이다. 그렇다고 그 아이들이 진짜 마음이 아프지 않게 되고 삶이 좀 더 수월해지는 것은 아니다.

선생님께서 4학년 때의 내게 그랬듯, 초등학교 담임 선생님이 아이에게 해줄 수 있는 것은 단지 1년간 그 아이를 좀 더 바라봐 주고 공감해 주는 것 정도이다. 오랜 시간이 지난 후에야 나의 11살이 내게 얼마나 큰 의미였는지 알게 되었듯, 내가 만난 아이 중 몇몇은 나와 보낸 1년을 조금은 특별하게 기억할지도 모른다. 물론 기억의 이유는 제각각일 테지만.

어떤 아이에게는 그 1년이 평범한 학교생활의 일부였을 것이고,

어떤 아이에게는 지겹고 고단했던 1년으로, 어떤 아이에게는 4학년 내가 그랬듯 조금은 특별하게 와 닿는 1년이 될 것이다.

의도적 무관심

초등학교 5학년과 6학년 때도 나는 여전히 아팠다. 집안 환경은 더 어려워졌고 어디서도 인정받지 못해 전전긍긍할 때였다. 또래보다 2차 성징도 빨라 사춘기도 일찍 왔는데, 학교는 예전보다 더 정글이 되어 있었다. 그때 만난 담임 선생님은 티나게 나를 귀찮아했다. 내가 손을 들고 발표하려고 하면 손을 든 아이가 나밖에 없는데도 굳이 다른 아이에게 발표하게 했다. 마치 나는 교실에 없는 아이인 것처럼 취급했다.

아직도 기억할 만큼 큰 인생의 수치심도 이때 느꼈었다. 아침 자습 시간이었다. 반 아이 모두 20분 정도 조용히 책을 읽는 분위기였는데, 일기 검사를 하던 선생님이 갑자기 내 이름을 크게 불렀다. 목소리만 들어도 매우 화가 났음을 알 수 있었다. 모든 아이가 쳐다보는 가운데 나는 선생님에게 다가갔다. 무엇 때문인지 이미 짐작은 하고 있었다. 전날과 똑같은 내용의 일기 때문이었다. 주 3회 하는 일기 쓰기가 싫어 전날 내용에 날짜만 바꾸어 제출했었는데, 매일 대충 서명만 하는 선생님이라 생각해 당연히 그냥 넘어갈 줄 알았는데 아니었다.

나는 고개를 숙인 채 선생님 앞에 섰고 선생님은 매우 큰 소리로 나를 혼내기 시작했다. 선생님이 화가 난 부분은 거짓말이었다. 차라리 일기를 쓰지 않았다면 솔직히 말하고 혼나면 되지 뭐하러 거짓말을 하냐는 것이었다. 맞는 말이라 나는 고개를 들지 못했다.

사실 그때의 나는 내 잘못에 관해서는 거의 반성하지 않고 있었다. 내 머릿속에는 온통 '언제 자리로 돌아갈 수 있지'라는 생각밖에 없었다. 수치스러웠기 때문이다. 반의 모든 아이가 책을 읽다 말고 나를 쳐다보고 있었다. 그리고 모두 내가 큰 잘못을 했으니 모두가 보는 앞에서 혼을 내는 선생님의 행동이 당연하고 마땅하다고 생각하고 있었다. 한바탕 혼이 난 후 자리로 돌아가면서 애써 괜찮은 척했지만, 탓하듯 나를 쳐다보는 아이들의 시선은 전혀 괜찮지가 않았다.

교사가 된 후 돌아보아도 그 순간은 부끄럽고 수치스러웠다. 당시 담임 선생님을 원망하는 마음은 없지만, 그래도 그다지 좋은 기억으로 남아 있지는 않다. 그렇다고 내가 그 선생님보다 좋은 교사가 된 것도 아니었다. 열두 살의 나는 관심받고 사랑받기 위해 온갖 문제 행동을 일으켰었다. 그랬던 내가 교사가 되었다고 해서 열두 살의 나와 같은 아이들 앞에서 마냥 따뜻하고 좋은 교사일 수도 없었다.

때때로 내 앞에서 거짓말을 하는 아이나 지적해도 그때뿐 같은 문제를 끊임없이 일으키는 아이를 볼 때마다 울컥 화가 치밀어 오를 때가 있다. 그럴 때 큰소리를 내기도 하고 보란 듯 교사의 권위로 제압하기도 한다. '이런 나쁜 행동을 하면 너희도 이렇게 혼날 거야!'라는 식으로 교실의 질서를 잡고자 하는 의도도 있다. 하지만 늘 마음이 편치 않았다. 내가 평생 수치심으로 느낄 기억을 초등학교에서 얻었듯, 내가 만난 아이들도 나로부터 그런 기억을 갖게 될까 두려웠다. 나에게 초등학교가 트라우마 양성소가 되었듯 내가 만난 아이들도 비슷하지 않을까. 행복한 교실은 도대체 어떻게 해야 만들어지는 것일까.

　교실은 담임인 내가 원하는 대로 만들어지지 않기도 한다. 나와 아이들이 만나 함께 만들어내는 파동, 각자의 삶이 맞닿아 만들어내는 교집합. 그게 교실이다. 내게 다수의 아이를 확실하게 통솔하는 재능은 없다. 이걸 인정하고 나니 한결 마음이 편했다. 나의 재능은 통솔이 아니다. 다만 하루하루 자기반성을 통해 내가 옳다고 생각하는 길을 갈 뿐이다.

하루 6시간의 긴장

　　　　　　내가 초등학생일 때 학교에 있는 하루 6시간 동
안 나는 늘 긴장했었다. 불안했다. 오늘은 어떤 일들이 있을지 설레
는 마음은 전혀 없었다. 그냥 빨리 학교가 끝나기만을 바랐다. 초
등학교 고학년이 되었을 때는 친구 없이 혼자 보내는 쉬는 시간이
불안했다. 누군가와 시간을 보내고 누군가와 이야기를 해야 하는데
내 곁에는 그럴 사람이 없다는 것이 불안의 원인이었다. 나는 친구
들이 나누는 대화에 끼어들 수 없었다. 친구들이 하는 이야기가 나
에게는 중요하지 않았기 때문이다.

　　하지만 친구 없이 늘 혼자 시간을 보내는 나를 바라보는 주변의
시선은 더욱 견디기 어려웠다. 집에서는 내가 내성적이라 친구가
적다고만 생각했고 담임 선생님은 간혹 주의를 기울이는 것을 느꼈
지만, 나는 그 시선이 더 싫었다. '친구 없는 애' '내성적인 애'라고
생각하며 날 이상하게 보는 것 같아 오히려 더 전전긍긍했다.

　　차라리 수업 시간이 편했다. 그 시간 동안은 내가 해야 할 것만

하면 누군가의 시선을 받지 않아도 되기 때문이다. 하지만 쉬는 시간, 특히 점심 식사 후의 쉬는 시간은 늘 불안했다. 누군가와 놀아야 하는데 누구와 놀아야 할지 몰랐고, 혼자 책을 읽고 있으면 분명 나를 불쌍하게 볼 것 같은데 그건 싫었다.

친구들이 좋아할 만한 적당한 이야기 소재를 찾아 대화에 끼어드는 것도 긴장되는 일이었다. 그 무렵 나는 또래와 큰 이질감을 가지고 있었다. 남들보다 빠르게 2차 성징이 시작된 것도 한몫했고, 친구들과 비교해 나의 가정환경이 어려워 또래가 가질 만한 어떤 것도 제대로 가져본 적이 없다는 것도 내 마음에 묵직하게 내려앉았다. 그래도 친구들이 좋아할 만한 주제를 찾아 말을 붙여보기 위해 애써 보기도 했다. 적당히 교우 관계를 맺는 아이인 척하기 위해서였다. 선생님이 보기에 튀지 않는 무난한 학생이 되고 싶었다. 하지만 매일 긴장하는 일이 쉽지는 않았다. 어떻게 해도 나는 학교에 스며들 수 없었고 친구들과 유대감을 형성할 수 없었다.

특히 나를 긴장하게 하는 순간은 짝을 바꿀 때라던가 소풍 가기 전날 버스에서 함께 앉을 짝을 정할 때였다. 그럴 때마다 나는 불안하게 사방을 돌아봤다. 누구와 짝을 해야 할지, 누가 나와 짝을 하고 싶어 할지를 빠르게 계산했지만, 친구들은 나보다 더 빠르게 이미 자기 짝을 찾았다. 그래서 언제나 나처럼 짝을 정하지 못한 친구와 함께 앉았다. 아마 그 친구도 나도 둘 다 부끄럽긴 마찬가지였을 것이다.

늘 의문스러웠다. 어째서 다른 친구들은 같이 앉을 누군가를 정하는 일이 저렇게 쉬울까? 어떻게 저렇게 서로 잘 맞고 친해질 수 있지? 왜 자유롭게 짝을 정하는 걸 좋아하는 걸까? 나는 선생님이 주는 자유가 싫었다. 걱정하고 불안해해야 하는 상황, 내가 혼자라는 것을 확인하게 될 상황이 벌어지는 시간이 싫었다.

내가 교사가 된 후에는 유난히 초등학생 때의 나와 같은 아이들을 자주 마주한다. 내가 주는 자유가 달갑지 않은 아이들, 차라리 민망하지 않게 선생님이 짝을 정해주는 게 편한 아이들, 번호순이든 키순이든 상관없이 차라리 정해진 대로 따르는 척하는 게 편한 아이들 말이다.

가끔 그런 아이들을 보면 왠지 마음이 아프다. 너희도 내가 그랬던 것처럼 하루에 6시간씩 긴장하며 살겠구나. 안아주고 싶은 마음도 들지만, 그냥 모르는 척한다. 선생님이 특별하게 봐주고 안쓰럽게 봐주는 것보다 있는 그대로 인정받고 보통의 아이들처럼 봐주는 게 그 아이들이 원하는 것이라는 걸 알기 때문이다.

소수의 의견이 된다는 것

학교에서 소수의 의견이 된다는 건 내 뜻대로 할 수 있는 일이 거의 없다는 뜻이기도 하다. 공동체 생활을 익히는 학교에서 다수의 의견으로 사안이 결정되는 것은 어찌 보면 당연하다. 하지만 별개로 다수의 의견으로 결정된 사안을 모두가 따라야 하는 것은 힘든 일이다. 특히 늘 소수의 의견에 속했던 나 같은 아이에게는 말이다.

나는 체육 시간의 이어달리기가 싫었고 학급 회의 시간이 싫었다. 항상 나서는 친구가 나서고 말하는 친구만 말하는 그 상황이 싫었기 때문이다. 나는 이어달리기가 싫은데 친구들은 늘 이어달리기를 하자고 했다. 담임 선생님이 마지못해 알겠다고 하면 다 같이 팀을 나누어 이어달리기를 한다.

나는 달리기를 잘하지 못했고 내가 달리는 모습을 보여주는 것이 부끄러웠다. 특히 초등학교 5학년 때 2차 성징이 나타난 이후부터는 달리기가 나에게 늘 수치스러운 행동이 되었다. 모두가 좋아하는 일인데 나 혼자만 싫다고 반대하기도 힘들기에 늘 다수의 뜻에 따랐다. 하기 싫다고 했다가 친구들이 나를 멀리하게 되는 것도 싫었고 괜히 튀는 아이가 되는 것도 두려웠기 때문이다.

짝을 정하는 것도 차라리 키 순서대로 앉는 게 더 좋았고 자유로운 모둠 활동보다는 혼자 공부하는 편이 좋았다. 누군가와 어울려 맞추어가는 것이, 있는 그대로의 나를 내보이며 살아가는 것이 어린 나에게는 힘든 일이었다.

어린 시절, 내가 담임 선생님에게 바랐던 것은 무엇이었을까. 당연하게도 선생님이 내 말을 들어주고 내 뜻대로 해주는 것이었다. 선생님이 모든 규칙을 정해주어 내가 소외되는 일이 없게, 이미 소외되었다는 것을 눈치채지 못하게 해주길 바랐다. 내가 원하는 대로 학교생활이 흘러가길 바랐고 내가 친구들 앞에서 부끄러울 만한 상황은 벌어지지 않기를 바랐다.

지금 나는 어떤 교사일까. 교사가 된 후 나는 다수의 의견을 받아들이는 일에 익숙해지기 위해 애썼다. 나는 학창 시절 내내 겉도는 아이였고 소수 의견을 가진 아이였기에 때로는 아이 다수의 의견보다 내 의견이 앞서는 경우가 많았다. 그렇게 되면 당연히 다수의 아이가 실망하게 된다.

생각해 보면 소수의 의견이 되는 아이 대부분이 말이 없고 내성적인 아이인 경우가 많다. 혹은 친구들과 사이가 좋지 않아 자기표현도 쉽지 않다. 그 아이들이라고 놀고 싶은 욕구, 자기 의견을 말하고 인정받고 싶은 욕구가 없을까. 다만 그렇게 할 수 있는 환경이 아니라고 스스로 판단해 움츠러들 뿐이다. 애초에 표현한다 해도 받아들여지지 않을 것인데 뭐 하러 입을 떼고 말을 할까.

소수의 의견도 배려해야 한다는 것은 누구나 알고 있지만, 다수가 원하는 것에 따라야 한다는 것은 그것보다 더 위에 있는 상위법과 같다. 교사인 내가 할 수 있는 일은 다수가 소수의 의견을 따르게 만드는 것이 아니다. 다만 소수의 의견도 편하게 말할 수 있는 분위기를 조성하는 것이 전부이다. 내가 할 수 있는 일의 선을 인정하고 나니 나답게 행동하는 게 훨씬 쉬워졌다.

지금 내 교실의 아이들은 나와는 다른 학창 시절을 보내고 있다. 그게 다행스러우면서도 적응하기 어려운 일이었다. 나는 내가 생각한 대로 행동할 뿐인데 그 결과가 다수의 아이에게 적잖은 불만을 받아야 하는 때도 있고, 다수결에 따르다 보면 매번 소외되는 아이들이 눈에 밟히게 된다. 어떤 결과든 달갑지 않았다.

나의 학창 시절이 교사로서는 페널티라고 생각했다. 하지만 요즘은 생각을 다르게 한다. 세상이 어떻게 원하는 대로만 굴러갈까. 나 같은 교사도 만나보고 해야 아이들도 나름의 다양한 성장을 이루겠지.

운동회

　　　　　학교 운동회 날이면 오랜만에 왁자지껄하고 활발한 분위기가 감돈다. 자신의 아이를 보러 온 학부모도 많았다. 괜히 나까지도 마음이 들떴다. 신나기도 했다. 운동회 프로그램에는 부모와 아이가 함께 참여하는 프로그램도 있었다. 아이와 부모가 함께 즐기는 레크레이션 시간이었다. 그런데 우리 반에 딱 한 명의 아이가 가족 중 아무도 운동회에 오지 않았다. 아이는 괜히 고개를 숙이고 운동장 바닥의 흙만 만지고 있었다.

　나는 아이에게 다가가 손을 잡았다. 나를 보고 웃을 줄 알았는데, 아이는 여전히 고개를 숙인 채 흙만 파헤쳤다. 문득, 내가 손을 잡는 행위가 아이에게는 더 불편할 수 있겠다는 생각이 들었다. 주변 친구 모두 내가 그 아이의 엄마가 아니라는 것을 알고 있으니까.

　부모 중 누구도 운동회에 오지 않아 선생님이 대신 손을 잡아 주었다는 건 아홉 살 아이에게는 어쩌면 더 부끄러운 일일지도 모르겠다. 자기가 처한 상황을 아이도 알기 때문이다. 주변에서 아이를 향해 조금은 동정 어린 시선이 쏟아졌다. 누군가는 자기가 대신 아이를 챙기겠다고 했다. 모두 아이에게 친절했지만, 소용없는 일이었다. 아이는 이미 알고 있다. 자기만 부모가 운동회에 오지 않았다는 것을.

갑자기 시끌벅적하고 활기찬 축제 같은 운동회 분위기가 모순적으로 느껴졌다. 도대체 무엇을 위해, 누구를 위해 이 행사는 열리는 것인지. 아이들이 더욱더 즐겁고 행복하게 놀라고 열리는 것일까, 아니면 매년 형태만 조금 바뀔 뿐 계속 열리는 행사이니 그저 당연하게 하는 걸까. 실은 대외적으로 보여주고 싶었던 것이 아닐까. 학교에서 이렇게 즐거운 행사를 준비했고, 아이들이 정말 즐거워했다고.

하지만 즐거워하는 다수의 아이 속에 속하지 못하는 한 명의 아이는 애초에 운동회의 고려 대상이 아니다. 너무나 당연하게도 학교는 여전히 공동체를 더 중요시한다. 요즘같이 맞벌이 가정이 점점 더 많아질 때 어떤 부모는 평일에 열리는 운동회 참여가 불가할 수도 있음이 예상되지 않는 것일까. 혹은 학교에서 운동회를 하니 모든 학부모는 이런 사태를 대비해 시간을 내어 참여해야 하는 걸까? 왜? 무엇을 위해?

내 어린 시절이 생각났다. 비가 오는 날이면 교문 앞에서 엄마들이 우산을 들고 자신의 아이를 기다렸다. 나의 엄마는 한 번도 온적이 없었다. 일하느라 바빴기 때문이다. 어느 날은 너무 서러워 일부러 보란 듯이 비를 맞고 헤매다 푹 젖은 채로 집에 갔다. 엄마는 내 모습을 보더니 버럭 화를 냈다. 나는 울음을 터뜨렸다.

아이라는 존재는 이렇게 솔직하고도 모순적이다. 그 순간 내가 바랐던 것은 내가 말로 표현하지 않아도 엄마가 나의 마음을 알아주는 것, 그리고 나를 안아 주는 것이었는데 내 행동은 되바라지고 삐딱했다. 이유는 단 한 가지였다. 나에게 관심과 사랑을 달라는 것.

운동장에 있는 모든 사람은 정말로 신이 난 걸까, 아니면 기왕 왔으니 분위기를 맞추어 주는 것일까. 마치 모두 하나 되어 만드는 연극을 보는 것 같았다.

운동회 때 어쨌든 나는 담임 교사의 역할을 해야 했기에 그 아이만을 오래 보고 있을 수는 없었다. 운동회가 끝나고 아이가 집에 가서 어떤 말과 행동을 했는지는 알 수 없다. 평소의 그 아이라면 아무렇지 않게 웃고 장난치다 잠들었을 수도 있고 별일 아니니 금방 잊었을 수도 있다. 아니… 어쩌면 부모에게 서운해 펑펑 울었을지도 모른다.

그 아이에게는 아직 몇 번의 운동회가 더 남았다. 그리고 아이의 부모 역시 그때마다 오기 어려울 것이다. 아이는 오지 않는 부모에게 서운해하지 않기 위해 노력할 것이고, 부모는 그 모습을 적응이라 부를 것이다.

그 아이의 부모가 어떤 분들인지는 모르겠다. 그날 저녁, 아이에게 어떤 말을 했을까. 운동회에 관한 이야기를 나누었을까. 어쩌면 미안한 마음에 눈물을 흘렸을 수도 있고 차분하게 아이에게 자기 입장을 이야기했을 수도 있다.

다만, 부모의 입장을 설명하기 전에 한 번 정도는 아이를 충분히 안아주면 좋겠다. 어른의 상황을 이해하기 이전에 어쨌든 아이는 어른에게 사랑받아야 하는 존재니까. 아이에게 어른의 논리를 이해하라고 강요하지는 말자. 굳이 그렇게 하지 않더라도 아이는 언젠가 적응이라는 것을 한다.

학부모 상담주간

학부모 상담주간에 만나는 학부모님들에게는 어느 정도 공통점이 있다. 바로 걱정이 과하다는 점이다. 이러한 다수의 보호자를 만나다 보면 '정말 어떤 아이를 키우든 걱정은 똑같이 되는구나'라는 생각이 절로 든다. 그 걱정의 기준은 언제나 부모인 자기 눈에 참 반듯해 보이는, 또는 자식을 이렇게 키우고 싶은 이상형의 사람이었다.

우리 아이는 내성적이라 친구가 많이 없어 걱정이에요.

우리 아이는 발표를 못 할까 봐 걱정이에요.

우리 아이는 너무 소심해서 맞고도 가만히 있을까 봐 걱정이에요.

우리 아이는 너무 활발해서 말이 많아 걱정이에요.

우리 아이는 친구가 너무 많아 싸움에 휘말릴까 걱정이에요.

우리 아이는 여자애가 차분하지 못해 걱정이에요.

상담 기간 내내 이러한 이야기를 듣다 보니 나중에는 정말 지쳐 버렸다. 내향적이면 내향적이라고 걱정, 외향적이면 외향적이라고 걱정, 친구를 좋아하면 놀 생각만 한다고 걱정, 친구가 없으면 반에서 따돌림당할까 걱정, 책을 많이 읽으면 애가 애답지 못하다고 걱정, 운동장에서 뛰놀기만 하면 공부할 생각이 없다고 걱정.

오히려 부모라서 내 아이의 개성을 더 모를 수도 있겠다는 생각이 들었다. 아니, 어쩌면 교사 앞에서 겸손한 부모처럼 보이고 싶은 욕심에 자식의 장점은 말하지 않고 단점만 부각해 후려치는 것일 수도 있다. 그 마음을 이해하지 못하는 것은 아니지만 나는 오히려 그런 학부모의 태도가 불편했다.

내가 본 아이들은 각자 나름의 개성으로 학교생활을 해나가고 있다. 모든 아이는 나름의 매력을 지니고 있고 나름의 속도가 있다. 그게 부모의 성에 차지 않는다고 해서 부족하다는 뜻은 아니다.

나이가 많든 적든 모든 사람은 사랑받고 싶고 인정받고 싶은 마음이 있는 건 당연하다. 남에게 먼저 다가가지 못한다고 이를 부족한 점이라 생각해 아이가 사회성 없어 걱정이라고 하는 부모님들도 막상 알고 보면 그들의 학창 시절에 그렇게 외향적이거나 사교성이 특출난 학생은 아니었을 것으로 생각한다.

내가 초등학교 저학년 때, 엄마는 내가 너무 말이 없고 소극적이라 걱정이라고 담임 선생님과 상담했다. 담임 선생님은 엄마의 의견에 동조했다. 자신도 아이가 너무 말이 없어 걱정이었다고 하시며 웅변학원을 추천했다. 그길로 나는 방과 후에 웅변학원에 가야 했다. 하지만 현실은 육성 시뮬레이션 게임과 다르다. 웅변학원 덕에 성격이 변할 리 없다. 나는 그 학원에서 가르쳐주어도 못하는 아이로 낙인찍혔다. 낯선 사람 앞에서 큰 소리로 정해진 문구를 읊는 일이 어떻게 단박에 가능한가. 내 마음이 편해지기까지의 단계는 모두 건너뛰고 일단 배운 대로 목소리를 내고 주먹을 쥔 채 읽어 보라니. 첫날부터 울었다. 그리고 결국 한 달도 채우지 못한 채 학원을 그만뒀다.

부모가 걱정하는 아이의 특성이 아이에게는 타고 난 개성인 경우가 많다. 부모의 마음에 들지 않는다고 해서 그 타고 난 개성을 바꿀 수는 없다. 다만 개선하고 발전시킬 뿐이다. 세상에 나쁜 개성은 없다. 타고난 아이의 특성을 부족하게 보는 어른들이 있을 뿐.

엄마가 나에게 "나만큼 널 잘 아는 사람이 어디 있느냐!"라고 했을 때 나는 정말 당황스러웠다. 아마 내가 만난 학부모님 역시 대개는 자기 자식에 관해 자기가 가장 잘 안다고 은연중에 착각하며 이래라저래라 아이의 삶에 관여할 것이다. 어쩌면 몇몇 부모는 내 부모가 그랬듯 자신이 겪은 세상이 진짜라고 생각해 아이의 진로마저 참견할 것이다. 아이의 진짜 매력을 알고 기다려주고 지지해주는 부모는 얼마나 될까.

아이의 특성을 가지고 이러쿵저러쿵 하며 전전긍긍하기 전에 그 특성을 가지고 살아가야 하는 사람은 부모도, 교사도 아닌 아이 자신임을 알아야 한다. 앞으로의 나날에 아이들이 바라는 것은 부모의 걱정과 염려일까, 응원과 지지일까. 어떤 사람이라도 당연히 자기를 믿고 지지해주는 누군가를 바라지 않을까.

부모든 교사든 어른이라고 세상을 다 아는 게 아니다. 새로운 세대를 살아가는 아이의 삶에 어른은 겸손해야 한다.

현장 체험학습

현장 체험학습은 아이들이 가장 즐거워하는 날 중에 하루일 것이다. 나 역시 그랬다. 엄마가 새벽부터 말아주는 김밥을 먹는 것도 좋았고 전날 원 없이 과자를 살 수 있는 것도 좋았다. 가방 한가득 과자를 넣는 순간은 좋았지만, 학년이 올라갈수록 소풍과 수련회, 수학여행 같은 모든 학교의 행사가 나에게는 고역이 되었다. 친구가 없었기 때문이다.

차라리 선생님이 버스나 돗자리에 앉을 짝을 정해주길 바란 적도 많았지만, 그런 일은 일어나지 않았다. 학년이 올라갈수록 스스로 해결해야 할 것이 많았는데 교우관계는 당연히 혼자 알아서 해결해야 할 것이었다.

매년 소풍 가는 날이면 어디 끼어야 할지 몰라 두리번거리는 아이들이 눈에 띈다. 마치 어릴 때의 나처럼 말이다. 동료 교사들은 자연스레 그 아이에게 눈길을 준다. 그리고 신경 쓰기 시작한다. 혼자 노는 아이가 안쓰럽기도 하고 보기 불편하기도 했을 것이다. 어떤 교사들은 아이의 손을 잡고 친구 무리에 끼워 넣기도 한다. 나는 그 광경이 불편했다.

어린 시절, 친구 없이 혼자 있는 것보다 더 견디기 어려웠던 것은 나를 불쌍하게 바라보는 시선이었다. 선생님이 내 손목을 잡아 끌고 친구 무리에 끼워 넣는 것은 어린 나에게는 배려라는 이름의 폭력과 같았다.

당시 선생님은 가끔 나와 친구 무리를 바라보았는데, 혹시나 내가 또 혼자 있지는 않은지 잘 어울리고 있는지 확인하는 것 같았다. 나는 괜찮지 않으면 안 되는 상황에 부닥쳐졌고 억지로 밥을 입에 쑤셔 넣었다. 나를 좋아하지도 반기지도 않는 무리에 끼어 즐거운 척 밥을 먹는 상황, 선생님이 시키니 어쩔 수 없이 함께 돗자리에 앉아 있는 상황이 편할 리 없다.

나이가 어리다고 감정까지 덜 느끼는 것은 아니다. 나를 좋아하지 않는 사람과 같은 버스에 앉아 가야 한다는 것, 나를 원하지 않는 무리와 어울려 밥을 먹어야 하는 것… 어느 것 하나 덜 민망하고 덜 수치스러운 것은 없었다.

부모와 교사 모두 아이에게 사교적이고 사회성 있는 성격을 가지길 은연중에 강요한다. 세상은 그런 성격의 사람만 살아가는 곳이 아닌데, 어째서 모두가 그런 성격으로 자라야만 하는 걸까. 어째서 그렇지 못한 아이들은 억지스럽기를 강요받아야 하는가.

그 시절 내가 원한 것은 무엇이었나. 누군가가 나에게 다가와 진짜 친구가 되어 주기를 바랐다. 내가 먼저 다가갈 용기는 없으니 누군가 먼저 손을 내밀어 주어 나와 친구가 되길, 진실한 우정을 나누길 바랐다. 외롭긴 했지만, 결코 억지스러운 관계를 원하지는 않았다. 어려도 알 건 다 안다. 그런 관계는 가짜라는 것을.

물론 어려운 일이다. 먼저 다가가지 않고 기다리기만 하는 그 시간이 어찌 보면 답답하게 느껴질 수도 있다. 하지만 그 어려움을 극복하는 것 역시 아이의 몫이다.

아웃사이더

초등학교 때 나는 아웃사이더 중의 아웃사이더였다. 학교는 나에게 불안이었다. 즐거울 수 있는 공간이 아니었다. 학교라는 공간에서는 내 재능을 찾을 수 없었고 공부 이외의 것은 전혀 관심의 대상이 될 수도 없었다. 요즘의 초등학교는 많이 변했다. 아이들의 다양한 끼를 살리려는 교육 과정, 흥미를 유발하기 위한 수업 기술 등 다방면에서 변화했음은 사실이다. 더는 학업 위주, 성과 위주의 교육이 되지 않게 하자는 의식도 팽배하다.

그러나 나와 같은 어린 시절을 보내고 있는 소외된 아이들에게 학교는 여전히 두려운 곳이다. 공부에 관심 없는, 공부에 재능 없는 아이들도 소외되지 않도록 하자며 다양한 시도를 하고 있지만, 공부에 재능 없는 아이들이 소외되고 있음은 너무나 단편적인 사고이다. 공부에 관심 없어도 축구와 같은 스포츠, 무용, 방송 댄스, 악기 연주 등을 잘하는 아이들은 소외되지 않는 경우가 더 많다. 그 아이들은 또래 사이에서 오히려 주목받는다. 만일 무대가 준비된다면 제일 먼저 나서서 재능을 드러낼 수 있는 아이들인 셈이다.

공부 외에 다른 재능을 키워주고 인정하는 교육에 동의하지 않는 것은 아니다. 학업이 중점이 되는 교육, 소수의 뛰어난 아이를 위한 들러리가 되는 교육에서 벗어나야 한다는 의견에도 동의한다. 하지만 학교에 있는, 진짜 소외된 아이들을 위한 배려를 생각하는 데에는 여전히 부족한 게 사실이다.

학교에는 수많은 행사가 있다. 학예회나 운동회, 소풍 등 이름만 바뀌고 진행 방법은 별로 달라지지 않는 것이 많다. 그 모든 행사의 목적에 관해 생각해 본다. 모든 행사에서 빛나는 아이들은 어찌 보면 학교에 잘 적응하는 '보기 좋은 아이들'이 아닌가. 학교의 모든 행사는 결국 '보기 좋은 아이들'이 만드는 '보기 좋은 성과'에 집중되는 것이 아닌가.

나는 학창 시절 내내 한 번도 보기 좋은 아이들에 속했던 적이 없었다. 그래서였을까. 학교의 모든 행사가 나에게는 고통이고 부담이었다. 운동을 잘하지도, 좋아하지도 않는데 운동회에서 달리기 하는 것도 싫었고 억지로 율동을 연습해 학예회 무대에 올라가는 것도 싫었다. 내가 기억하는 최악의 학예회는 초등학교 5학년 때였다. 당시 교실 분위기는 몇몇 아이가 교실의 모든 의견을 대신했다. 학예회가 다가오자 담임 선생님은 우리 스스로 의논해 종목을 정하고 준비하라고 하셨다. 그때부터 나는 불안해지기 시작했다. 아니나 다를까 여자아이 몇몇이 유행하는 노래에 맞추어 춤을 추자고 하더니 멋대로 대형을 정하고 남은 아이들을 쥐락펴락하기 시작했다. 분위기는 자연스레 그 아이들을 중심으로 흘러갔다. 대장 격인 여자아이는 춤을 잘 추지 못하거나 부끄러워하는 아이들은 구석에 세우거나 뒤로 가라고 했다. 선생님처럼 앞에 서서 아이들의 춤을 검사하기도 했는데 그 모든 과정이 나에게는 부담이었다. 아이러니하게도 내 마음에는 '이 친구의 눈 밖에 나면 안 되겠다'라는 마음도 혼재했다. 당시에는 그게 두려움 때문이라는 것을 몰랐다. 그저 학예회를 잘하기 위해서, 어쨌든 해야 하는 거니까 그런 거라 여겼는데 알고 보니 그것은 두려움 때문이었다. 만일 그 친구가 나를 마음에 들어 하지 않아서 여기서 빠지라고 하거나 넌 학예회 무대에 올라가지 말라고 하는 최악의 상상을 하곤 했었다. 학예회 무대에 올라가지 않는 것은 차라리 다행이겠지만 이 무리에서 소외되는 것은 싫었다.

무대에 올라가는 모든 발표회 형식의 행사가 겉으로 표방하는 가치는 무엇인가. 흔히들 아이들이 무대에 올라가는 경험을 통해 자존감을 높일 수 있다고, 자신감을 가질 수 있다고, 협동심을 키울 수 있다고 한다. 나의 경험에 비추어 보았을 때 그것은 정말 단순하고도 이상주의적인 생각이다. 하나의 행사를 준비하는 과정 내내 아이들은 교실에서 자신의 위치에 관해 자연스레 습득하게 된다. 내가 얼마나 잘하는지, 내가 친구들과 어떤 관계인지, 나를 보는 아이들의 시선이 어떤지 말이다.

때로는 궁금하다. 학교에서 아직도 이런 행사들이 사라지지 않는 이유가 진실로 아이들을 위한 것인지, 아니면 학교의 성과를 외부에 보여주고 싶은 것인지. 자기를 드러낼 준비가 되지 않은 아이들도 때가 되면 억지로 무대 위로 올라가야 한다. 그런 소수의 아이를 위한 배려는 어째서 이리 부족할까.

짝 바꾸는 날

짝 바꾸는 날은 다수의 아이에게는 긴장되고 제법 재미있는 날이다. 누가 짝이 되어 함께 하게 될지 궁금하기도 하고 다른 아이들을 지켜보는 재미도 있을 것이다. 인기 많은 친구가 누구와 짝이 될지, 누가 좋아하는 친구와 짝이 될 수 있을지 등 아이들의 학교생활에서는 나름 즐거운 이벤트이다.

나는 학창 시절 내내 짝 바꾸는 날이 그다지 즐겁지 못했다. 저학년 때는 선생님이 마음대로 짝을 바꾸었고, 고학년이 되자 우리 마음대로 바꿀 자유를 주었는데 나에게 그 자유는 버거웠다. 아무도 나와 짝을 하고 싶지 않아 했기 때문이다. 남아 있는 아이들과 어떻게든 짝을 하긴 했지만, 솔직히 소외된 아이들도 나름의 선호가 있기 때문에 남아 있는 누구도 그 상황이 달갑지 않았다.

아니 그냥 남아 있는 사람끼리 짝을 하면 되지 그게 뭐가 대수냐고 할 수도 있을 것이다. 하지만 그때 나는 그 상황 자체가 수치스러웠다. 남아야 하는 상황, 어떻게든 교실에서 한 자리를 차지해 앉아야 하는 상황… 아무렇지 않은 척했지만 사실 마음은 요동쳤다. 차라리 혼자 앉고 싶다고, 소외된 아이들끼리 짝 시켜놓고 모른 척하지 말라고 하고 싶었지만 당시에는 아무 말도 하지 못했다. 왜 부끄러운지, 왜 이 상황이 싫은지 당시에는 정확히 몰랐기 때문이다. 그저 상황이 얼른 지나가기만을 바랐을 뿐이다.

게다가 '같이 소외된 아이들끼리 친구 하면 되지, 어쨌든 짝이 있으니 됐잖아'라는 인식도 싫었다. 소외된 아이들도 나름의 의견이 있다. 다만 그 의견을 말할 기회가 없을 뿐이다. 의견을 내세우기에는 이미 교실 내에서 자신의 서열을 알고 있고 때로는 자존심 때문에 자신의 서열을 모른 척 부정할 뿐이다. 소외된 아이들끼리 친구가 되지 않는 것은 이런 연대는 아무런 의미가 없다는 것을 서로가 알기 때문이다. 연대해도 어차피 발언권이 없음을 아는 것이다.

그래서 교사가 된 후 나는 애초에 아이들에게 그런 자유를 주지 않기 시작했다. 아이들끼리 자유롭게 짝을 정하게 두기에는 나는 아직도 학창 시절 느꼈던 그 소외감에서 벗어나지 못했다. 가장 쉬운 방법은 제비뽑기였다. 내가 생각하는 가장 공평한 방법이었다. 제비를 뽑아 적혀 있는 번호의 자리에 가서 앉는 것이다. 아이들은 나에게 앉고 싶은 친구와 앉을 자유를 달라고 요구하기도 한다. 하지만 그때마다 나는 번번이 그 요구를 거절한다.

무엇이 맞는지 아직도 간혹 헷갈린다. '자유롭게 짝을 정하게 하는 것이 아이들의 자율성을 높여주는 것에, 자신의 선택에 책임을

지는 것에, 더 즐거운 학교생활을 하는 데에 훨씬 도움이 되지 않을까?' 하는 고민에 빠질 때도 있다. 하지만 그 고민을 넘어서 나는 단 한 가지 이유로 그 방법을 쓰지 않는다. 소외된 아이가 한 명이라도 있을 때 그 아이가 받을 상처가 예상되기 때문이다. 그것은 나의 두려움이기도 하고 극복하지 못한 트라우마이기도 하고 노파심이기도 하다.

급식 시간

초등학교에 다닐 때, 나는 급식을 가장 늦게 먹는 아이 중 한 명이었다. 나를 만난 담임 선생님들은 하나같이 내가 밥 먹는 모습을 보며 답답해했다. 느리기 때문이 아니라 편식이 심했기 때문이었다. 가장 싫어하는 메뉴는 '시래깃국'이었다. 이름부터 마음이 들지 않았는데 맛도 이상하고 냄새도 이상했다. 시래깃국이 나오면 항상 그날은 수업 시간 직전까지 버티며 밥을 먹지 않았다. 평소에는 말을 잘 듣다가도 그날만큼은 담임 선생님과 이상한 신경전을 벌이곤 했다. 다섯 번만 떠먹고 가라는 선생님과 한 숟갈도 먹지 않으려는 나의 대립이었지만 나는 언제나 졌다. 결국 다음 수업 시간 직전이 되어 눈을 질끈 감고 코를 막고 다섯 숟갈을 입에 떠 넣었다. 선생님은 그제야 나를 놓아주었다.

성인이 된 후 나는 시래깃국을 잘 먹는다. 초등학생 때는 급식 시간마다 그토록 피했던 메뉴들, 예를 들면 '미역 줄기 무침'이라든가 '김치'라든가 '된장국' 같은 음식을 이제는 누구보다 잘 먹는다.

내 어린 시절을 생각하면 가끔 급식 시간에 아이들의 식습관을 지도하는 것에 회의감이 든다. '나도 어릴 때 이 음식 싫어했는데'라는 생각도 들고 동시에 '그렇게 먹기 싫어하던 것도 이제는 잘 먹는데, 이 아이들도 마찬가지지 않을까?' 싶은 생각이 들어서였다.

음식을 남기지 않는 것도 교육이라고 하지만 동시에 의문이 든다. 그럼 애초에 아이들이 먹고 싶은 것만 받게 하면 되는데 굳이 다 줘놓고 남기지 말라는 건 뭘까. 편식하지 않게 지도하는 것도 교육이라고 하지만 묻고 싶다. 어릴 때 편식하지 않고 어른이 된 사람은 몇이나 될까.

물론 편식은 좋지 않다. 영양소를 골고루 섭취해야 하는 이유도 안다. 하지만 그게 급식을 남기지 말고 먹어 보라는 강요로 가능한 일인가. 필요성을 알기 전에, 즉 동기유발이 되기 전에 진짜 교육은 불가하다. 그 전엔 모든 것이 강요일 뿐이다.

학교의 시간은 때로 너무 진지하다. 모든 것을 '교육'이라는 무게감 있는 단어와 연결 짓는다. 급식 시간도 식습관 교육 시간이고 쉬는 시간도 다음 있을 수업 시간을 준비하는 시간이라고 한다. 물론 나도 그런 진지한 개념에 동조한 바 있다. 그러나 이제 와 생각하니 어째서 모든 시간이 그렇게 진지해야 하고 모든 시간이 어른들이 생각할 때 '의미 있는' 시간이어야 하는지 의문이 드는 것도 사실이다. 아이들에게 가장 의미 있는 학교생활은 무엇일까. 아이들은 과연 매시간 어른들이 의미 있다고 생각하는 '교육 활동'에 그만한 가치를 두고 있을까.

학교에서의 시간이 조금 더 가벼워졌으면 좋겠다. 급식 시간에 통째로 음식을 남겼다고 해서 이 아이가 영양소 결핍에 걸리기 쉽고 편식을 일삼으니 건강하지 않을 거라 쉽게 판단할 수 있을까. 나는 쉬는 시간에 빨리 뛰어놀고 싶어 마시듯 밥을 먹는 아이도 보았고 일부러 아픈 척하며 밥을 먹지 않으려는 아이도 보았다. 몇몇 아이는 어느 날은 잘 먹었고 어느 날은 무작정 먹지 못하겠다고 하는 날도 있었다.

식습관 지도라는 교육적 입장에서 보면 모든 것은 잘못되었다. 적절한 소화를 위해 빨리 먹지 않도록 먹는 속도를 늦추게 해야 하고, 아픈 척하지 말라고 이야기하고, 억지로 밥을 먹여야 하고, 때에 따른 아이의 심적 상태나 컨디션 대신 식판만 봐야 한다.

물론 밥을 먹든 말든 신경 쓰지 않는 것이 옳다는 것은 아니다. 다만, 학교가 조금 더 교육이라는 것에 가벼워졌으면 좋겠다는 생각은 든다. 모든 것이 무겁고 의미 있고 눈에 보이는 성과가 있어야만 하는 것은 아니다. 그저 내 어릴 적 모습을 생각하며 가볍게 지켜보면 도움이 되는 것들도 있다.

교실끼리의 비교

나는 누군가와의 비교에서 자유로운 적이 없었다. 교사가 된 후에도 마찬가지였다. 동료 교사의 교실과 나의 교실을 비교하며 내가 어느 정도 능력을 갖춘 교사인지 가늠하고자 했다. 학교에서 가장 좋은 교실은 단연 '문제없이 평화로운 교실'이다. 더불어 아이들이 질서를 잘 지킨다면 더없이 좋을 것이다. 다른 반과 함께 있는 자리에서 우리 반이 얼마나 질서를 잘 지키는지, 얼마나 예의 바른지가 중요했다. 점심밥을 먹을 때 얼마나 시끄럽지 않은지, 운동장에서 얼마나 질서정연하게 줄을 서는지, 복도를 뛰지 않고 걸어 다니는지와 같은, 외부에서 필수라고 하는 예절들을 얼마나 잘 익혔는지가 문제없는 교실의 기본 바탕이었다.

학교에는 질서와 관련된 교칙이 정말 많다. 당연하다. 다수가 함께하는 공간에서 어느 정도의 질서는 안전과 직결되기 때문이다. 하지만 내가 교사 생활을 하면서 아이들에게 바란 질서는 사실은 다른 반과 비교되지 않을 정도로 괜찮게 보여주기 위한 것이었다. 평소에는 괜찮다가도 다른 반과 함께해야 하는 자리에서는 우리 반 아이들이 부족하게 보였다. 왠지 덜 질서정연해 보이고 다른 반보다 시끄럽게 보였다. 훨씬 산만해 보이기도 하고 뭐든 부족한 점이 눈에 들어왔다. 약간의 자격지심이기도 했다. 초임 교사 시절부터 나는 교실을 휘어잡는 통솔력 같은 능력이 부족했다. 언제나 카리스마 있는 동료 교사들이 부러웠고 간혹 몇몇 관리자는 나와 그 교사의 능력을 대놓고 비교하기도 했다. 그러다 보니 다른 동료들이 봤을 때 내 교실이 너무 소란스럽게 보이진 않을지, 너무 무질서하게 보이진 않을지 전전긍긍한 것이 사실이다. 어쨌든 학교는 다수의 교사가 함께 일하는 곳이기 때문이다.

한 번은 옆 반과 비교해 줄을 너무 자유롭게 선 아이들에게 화가 나 교실로 돌아온 후 줄 서는 연습을 한 적도 있었다. 아이들은 힘들어했고 시간이 지날수록 나도 아이들에게 미안해졌다. 객관적으로 그렇게 난장판인 것도 아니었는데 보는 사람의 성에 차지 않는다고 마음대로 아이들의 시간을 빼앗은 것 같은 죄책감도 들었다.

학교에서 일하는 교사로서 나는 늘 주변의 시선에서 벗어나지 못한다. 나 스스로 타인의 비난으로부터 나를 지키기 위해 적당한 노력을 기울이기도 하고, 그러다 보니 애초에 다른 반과 비교했을 때 지나치게 튄다거나 무리하다 싶은 활동을 자제하게 되는 경향도 있었다.

괜히 별나게 보이고 싶지 않기도 했고 사고가 나서 온갖 민원의 대상이 되고 싶지도 않았다. 최대한 다른 교사와 비슷하게 경력에 걸맞은, 대부분 교사가 가진 능력을 나도 갖기를 바랐다.

시간이 지난 후, 어느 정도 학교라는 곳에 적응하고 난 이후에야 나는 내가 얼마나 어리석은 행동을 했는지 알게 되었다. 다른 사람의 눈에 잘 보이기 위한 엄격한 규칙과 질서는 결국 아이들을 위한 것이 아니라 나의 인정 욕구를 채우기 위한 것이었다. 물론 아이들의 안전을 위해 기본적인 질서는 필요하겠지만 운동장에서 줄을 잘 서지 않는다고, 밥 먹을 때 말을 좀 한다고 해서 그게 예의 없고 질서 없는 행동은 아니다.

아직도 나는 타인과의 비교에서 벗어나지 못한다. 간혹 습관적으로 우리 반 아이들과 다른 반 아이들을 비교해 볼 때도 있다. 나의 부모가 1등인 친구와 나를 비교했듯 나도 모르게 나의 교실이 모든 면에서 완벽하기를 바라고 있었다.

부모가 자식에게 바라는 것 대부분은 내가 갖지 못한 어린 시절에 관한 대리만족일 경우가 많은 듯, 내가 아이들에게 바라는 것 역시 내가 갖지 못한 능력에 대한 환상이었다.

모든 교실은 완벽하지 않다. 모든 면에서 1등인 교실은 존재하지 않는다. 완벽해 보이는 교실일지라도 실상 그 안을 들여다보면 나름의 숙제가 존재한다. 보기에 좋고 완벽한 교실에 관한 환상을 버리자, 나는 나의 교실에서 수많은 장점을 발견할 수 있었다. 모든 교실은 완벽하지 않고 나름의 개성이 있다. 교사가 얼마나 통제를 잘하느냐는 언제까지 멋진 교실의 기준이 되어야 하는 걸까. 다양한 교실의 특성을 장점으로 봐주는 관리자와 학부모를 만나는 것 또한 나의 바람 중 하나이다.

아이들끼리의 다툼

초등학교 저학년 담임을 주로 맡다 보니 아이들 끼리 사소한 일로 다투는 경우를 자주 목격한다. 때로 그 일은 장기적으로 이어지기도 했다. 당사자들의 이야기를 들어 보면 한 명이 무조건 잘못한 경우는 거의 없었다. 대부분 서로 잘못이 있고, 그것을 먼저 인정하기 싫어할 뿐이다.

예를 들면, 장난으로 친구 별명을 불렀는데 상대가 화가 났다. 상대 아이는 분을 못 이겨 별명을 부른 친구를 밀었다. 별명을 부른 아이는 당황스러워 친구가 자기를 밀었다고 담임 교사에게 이야기한다.

처음 교사가 되었을 때 나는 솔로몬이 되려고 했다. 모두가 만족할 만한 완벽한 해결책을 찾으려 했다. 어디까지나 내 위주로 내가 판단했을 때 옳은 대로 하려고 했다. 그러다 보니 일이 커지는 경우도 많았고 억지 봉합이 되는 경우도 많았다.

모든 사건에 사사건건 간섭하여 해결해 준 적이 있었다. 아이들은 어쨌든 어른이고 교실의 책임자인 담임 교사의 말에 어쩔 수 없이 수긍하곤 했는데 그래도 비슷한 문제는 반복됐다. 그때마다 교사를 찾고 해결을 요구했다. 하지만 그것이 아이들의 갈등 해결에 좋은 것은 아니었다. 오히려 교사로부터 누가 맞는지를 확인하는 과정은 아이들에게도 나에게도 큰 스트레스였다. 교사로서는 당연히 중립을 지킬 수밖에 없기 때문이다. 어느 정도 익숙해지고 나서야 알게 된 점은 교사는 절대 솔로몬급의 해결사가 될 수 없다는 것이다. 다수가 함께 생활하는 교실에서 또래끼리의 갈등은 불가피하다.

겪어 보고 나서 알게 된 그나마 가장 좋은 해결책은 시간이 얼마가 걸리든 일단 그 상황의 아이를 모아놓고 이야기를 들어 보는 것이었다. 한 명씩 이야기를 들어 보면 어느 정도 아이들도 듣는 과정에서 상대의 입장을 정리하게 된다. 그리고 억지 화해를 시키지 않고 서로 떨어져 있을 시간을 갖자고 하면 대부분 아이가 동의한다. 하루쯤 지난 후 다시 불러 이야기하면 마음이 풀어져 자연스럽게 화해가 이루어진다.

결국 모든 다툼은 당사자 모두 마음이 풀려야 해결되는 문제다. 한쪽이 마음이 풀렸다고 해서 성급하게 다가가면 상대방은 오히려 더 화가 난다. 성인도 마찬가지겠지만 아이들은 더욱더 본능적이라 그 싫은 감정이 격하게 드러나는 경우도 있다. 서로 잘못이 모호하게 겹쳐 있더라도 마음이 풀리지 않은 한쪽을 기다려 주지 않으면 완전한 화해는 불가하다.

교실의 모든 아이가 사이좋게, 다툼 없이 지내는 것은 교사의 꿈이자 이상향일 뿐이다. 그런 교실은 없다. 다수의 사람이 모여 있는 곳에서 갈등은 어쩔 수 없이 발생한다. 때로 나와 너무나 맞지 않아서 얽히고 싶지 않은 친구들도 당연히 있을 것이다.

어린 시절, 나는 과격하고 친구를 잘 때리는 남자아이와 같은 반이 된 적이 있었다. 선생님만 없으면 그 아이는 누구에게든 시비를 걸었고 나는 그 아이가 너무나 싫었다. 모든 사람에게 친절해야 하고 모든 친구의 좋은 점을 보는 것을 그때의 나는 불가능했다. 지금 생각해도 마찬가지다. 지금도 그 아이와 짝이 되어 한 달을 지내라고 하면 일단 피하고 싶을 것 같다.

어째서 모든 아이는 서로 친해야 하는가. 혼자 있는 친구들을 보고 먼저 다가가는 것, 먼저 손을 내미는 것, 말을 걸어 보고 어울려 보는 것은 가능하다. 그러나 모든 아이가 서로 진실한 우정을 나눌 수는 없다. 마찬가지로 모든 아이가 화해에 너그러워 상대의 입장부터 생각하고 사과를 받아주는 것도 어려운 일이다.

한 번의 다툼으로 아이의 학교생활을 평가할 수는 없다. 교우관계가 망쳐지는 것도 아니다. 다만 억지로 그 상황을 빠르게 봉합하려 하면 나중에 결국 그 상처는 다시 벌어지게 되어 있다. 아이들은 잊은 것 같지만 잊은 것이 아니다. 그저 묻을 뿐이다. 시간이 흐른 후 억지로 사과를 한 아이도, 사과를 받은 아이도 어느 하나 마음이 편할 수는 없다. 언젠가 둘 사이에 다툼이 또다시 일어나면 그때는 봉합조차 어려워질 것이다.

요즘은 아이들끼리의 싸움이 부모들 간의 싸움으로 번지는 경우도 많다. 교실에서 아이들끼리는 정작 감정이 다 해소되어 그럭저럭 관계를 이어가는데, 부모들은 절대 화해를 못 하겠다는 경우도 봤다. 괜찮다는 아이의 말을 믿지 못하는 것일까. 아니면 도저히 상대 아이를 그냥 두고 볼 수 없다는 것일까. 아니면 내 아이가 안 괜찮은데 괜찮다고 거짓말을 한다고 생각하는 것일까.

학교폭력 사건이 만연한 요즘, 아이의 학교생활에 관심이 커진 것은 어찌 보면 당연하다. 그리고 아이가 원만하게 학교에서 생활하기를 바라는 마음은 모든 부모와 교사의 공통적인 바람일 것이다. 다만 단 한 가지, 어른으로서 우리가 알아야 할 점은 모든 단체생활에는 갈등이 존재한다는 것이다. 갈등 해소를 위한 것도, 상대방과의 관계 회복도 당사자는 아이들이다. 어른은 조력자이지 해결사가 아니다. 억지로 화해를 시켜 없던 일로 만드는 것도, 작은 다툼 하나까지 직접 끼어들어 해결해 주려는 것도 진짜 아이들의 마음을 풀어주는 일은 아니다.

맞벌이 부부의 아이로 자란다는 것

　　　　　내가 초등학교 저학년 때, 아빠는 눈 수술을 했고 엄마는 그 곁을 지켜야 했기에 일주일 정도 알림장을 살펴봐 줄 사람이 없었다. 물론 같이 사는 할머니가 계셨지만 할머니는 숙제를 도와주는 것까지는 무리였다. 혼자 숙제하기에는 양이 많다는 핑계로 나는 숙제를 하지 않았다. 옆집 아주머니가 안 된 마음에 알림장에 한 줄 적어 주셨다.

　'아이가 부모의 사정으로 일주일 정도 떨어져 있습니다. 숙제하지 못해도 양해 부탁드립니다.'

　떨리는 마음으로 알림장을 펼쳐 담임 선생님에게 보여드렸다. 선생님은 옆집 아주머니가 적어주신 것을 읽었지만 아무 표정 변화가 없었다. 그리고는 회초리를 들어 규칙대로 내 손바닥을 때렸다. 그날따라 눈물이 났다. 자기 일은 스스로 해야지 핑계 대는 게 아니라고 하는 선생님의 말이 맞다는 것을 알았지만 이상하게 슬펐다.

엄마는 병원에 있는 일주일 동안 나에게 전화를 걸어 숙제는 잘 했는지, 표시해 둔 문제집은 어디까지 풀었는지 물어보곤 했다. 그 때마다 나는 거짓말을 했다. 사실은 하나도 하지 않았는데도 엄마 의 마음을 편하게 해주기 위해 시키는 대로 했다고 거짓말을 한 것 이었다. 엄마에게 혼나는 것이 두렵다기보다는 수화기 너머 엄마의 목소리가 너무 지쳐 있어 사실대로 말할 수 없었다.

일주일이 지난 후, 엄마 아빠는 집으로 돌아왔다. 엄마는 내가 문제집을 다 풀지 않았다는 사실을 알고 나서 매우 실망했지만 화 를 내지는 않았다. 대신 선생님에게 들었던 말과 똑같은 말을 했다. 자기 일은 자기 스스로 해야 한다고. 언제까지 누가 돌봐주어야 하 냐고. 맞벌이 가정이었기에 여러 차례 들어온 말이었지만, 그날따 라 유난히 슬픔이 쉽사리 가시지 않았다.

요즘 맞벌이 가정의 아이들 역시 이런 비슷한 슬픔을 느끼지 않 을까 생각한 적이 있다. 물론 모든 맞벌이 가정 아이가 체계적인 돌 봄을 받지 못하는 것도, 혼자 해내야 할 숙제에 허덕이며 힘들어하 는 것도 아니다. 내가 본 아이 중에는 혼자 차려진 밥을 먹고 알아 서 등교하고 하교하는 등 스스로 잘하는 아이도 많다. 그렇다고 아 이들이 숙제해오지 않았다고 따돌리는 것도 아니다. 물론 어른이 옆 에서 도와준 숙제와 그렇지 않은 숙제가 차이가 나는 것은 당연하 다. 하지만 그게 아이의 학교생활에 결정적인 영향을 미치는 것은 아니다. 오히려 스스로 자기 것을 탐구하는 아이들이 나중에 얻는 것이 단연 더 많다.

여리고 의존적인 아이와 독립적인 아이의 특성은 다르다. 친구는 알아서 잘하던데 넌 왜 그렇냐며 비교할 수는 없다. 서로 다른 아이이기 때문이다. 어릴 때의 나처럼 여리고 예민한 성향의 아이들은 스스로 적응하는 데 시간이 필요하다. 자기가 챙기면서 실수는 하지 않았는지 점검하고 불안해하지 않을 때까지 필요한 시간이다. 모든 아이가 맞벌이하는 부모가 바라는 대로 알아서 척척 스스로 다 해낼 수는 없다. 그것은 그저 얼마간의 시간이 필요하냐의 문제일 뿐이니 조금 오래 걸린다 한들, 어른이 좀 더 기다려 주는 것이 맞지 않을까.

내 어린 시절을 떠올려 보면 숙제 검사를 기다리며 내가 바랐던 것은 단 하나, 누가 내 상황을 이해하고 안아 주는 것이었다. "너 참 힘들었겠다. 준비물 챙기는 것도 혼자 해야 해서 힘들었겠구나" 하고 어떤 어른이든 나의 마음을 이해해 주고 수고했다고 등을 토닥여 주길 바랐다.

맞벌이 가정의 아이는 부모 중 한 사람이 일을 그만두고 자기만 봐주기를 바라는 것이 아니다. 준비물과 숙제는 스스로 챙겨야 한다는 걸 모르는 게 아니다. 다만 누군가가 보듬어주고 나를 이해해 주길 바라는 것이다.

각 잡고 앞으로 너 스스로 해야 할 거고 잘해야 한다고 강요하기 전에 한 번쯤 아이들의 입장을 이해해 주길. 스스로 준비물 챙기기와 숙제하기가 입학 후에도 버거운 아이가 많다. 내 아이가 그것을 버거워한다고 해서 잘못되었거나 부족한 것이 아니다.

관심받기 위한 말썽

         내가 만난 아이 중에 삼 남매의 첫째인 아이가 있었다. 1학년 아이들은 다른 학년과 비교하면 당연히 천방지축인 경우가 많은데 이 아이는 또래와 비교해도 유난히 말이 많고 장난도 심했다. 그 장난이 혼자 치는 장난이라면 그렇게 눈에 띄지 않았을 수도 있는데, 다른 친구들에게도 방해가 되기 시작하자 나도 그냥 두고 볼 수만은 없었다.

  몇 번 타이르다 결국 아이의 부모님과 통화를 하게 되었고 상담 약속을 잡았다. 아이의 어머니는 일해야 해서 오지 못하고 아버지가 오셨다. 아버지는 매우 예의 바르고 겸손한 분이었다. 아버지와 이야기를 나누면서 세세하게 알게 된 점은 아이가 혼자일 때와 달리 동생이 둘이나 더 생기면서 집에서도 많이 힘들어 한다는 것이었다. 오롯이 혼자 받던 관심을 동생이 태어난 후 받지 못하게 되면 아이로서는 당연히 부모의 사랑이 줄었다고 생각할 것이다. 아이의 아버지와 이야기하고 나니 교실 안에서 보인 아이의 행동이 이해되고 공감되기 시작했다. 분명 불안하고 서운했을 것이다. 교실 안에서 그 아이가 또래 친구에게 동생같이 행동하는 것이 눈에 띄었는데 그 이유를 그때서야 이해할 수 있었다.

아이의 상황을 내가 이해하고 나서 달라진 점은 아이와 나 사이의 긴장감이 사라졌다는 것이었다. 나는 아이가 다른 친구에게 피해를 줄까 항상 지켜보고 있었고 아이는 그런 내 눈을 피하고자 전전긍긍했다. 혼날 것이 두려웠던 것이다. 하지만 이후 나는 아이의 행동을 하나하나 살펴보는 행위를 멈추었다. 이유를 알게 되고 그 상황에 공감했기 때문이었다. 물론 아이의 행동이 기적적으로 나아진 것은 아니었다. 다만 서서히 아이와 나는 가까워졌다. 나와 가까워진 이후에도 아이는 문제 행동을 고치지 못했다. 그저 학교에서 마음 둘 곳 한 곳을 찾았을 뿐이었다.

아이의 행동이 관심받고 사랑받기 위해서라는 것을 알고 난 후, 아이의 부모와 수시로 대화를 많이 나누었다. 아이의 부모 역시 최대한 노력하는데도 쉽사리 달라지지 않는 아이의 태도에 어찌할 바를 모르고 있었다. 주말에 동생들은 두고 그 아이만 데리고 엄마와 단둘이 여행을 가보기도 하고 늘 사랑한다고 말해 주는데도 아이는 동생들을 미워했고 동생들에게 쉽사리 마음을 열지 않았다. 학교에서도 동생 때문에 억울했던 경험을 계속해서 이야기하며 마음을 나누려고 노력하지 않았다. 아이에게 동생은 여전히 질투의 대상이자 부모의 사랑과 관심을 빼앗아 간 사람이었기 때문이다.

그 아이 이후로도 비슷한 문제 상황을 겪는 아이가 많았다. 그리고 대부분은 나와 부모가 함께 노력해도 쉽사리 상황이 나아지지 않았다. 어찌 보면 당연했다. 아이를 양육하는 가족의 환경이 어느 날 갑자기 확연히 차이가 날 정도로 바뀔 일은 없고 나와 부모가 아이를 대하는 태도 역시 습관처럼 과거로 돌아가기 마련이니까.

교실에는 그 아이 외에 수많은 다른 아이도 있다. 친구들에게 방해가 되는 모든 행동을 묵인하고 받아줄 수 없기에 교사로서 나는 아이의 행동을 가장 빠르고 효율적으로 멈출 수 있는 단호한 말을 하게 된다. 그 말들이 상처가 될 수 있다는 것을 알면서도 바쁜 와중에는 내가 스스로 했던 다짐들도 잊게 된다. 교사는 모든 아이의 마음의 문제를 해결하고 모든 아이를 학교와 어울리는 아이로 만드는 해결사가 아니다. 모든 문제를 알지도 못하거니와 해결 방법을 모르는 경우도 허다하다.

학교는 빠르고 효율적인 문제 해결을 좋아한다. 하지만 정작 아이도 학부모도 교사도, 진짜 문제를 해결하기 위해서는 시간이 필요하다.

내일은 괜찮아질 거야

특별한 날

초등학교 1학년 담임 교사일 때였다. 남자아이가 나에게 초대장을 건넸다. 생일 초대장이었다. 아이는 해맑게 웃으며 "선생님, 초대할게요!"라고 했다. 너무 고맙지만 선생님은 먼저 한 약속이 있어 갈 수 없다고 한 후 일단 초대장을 받아 두었다. 아이의 행동이 너무 귀여웠다. 그리고 동시에 내 어린 시절도 떠올랐다.

나는 초등학교에 다니는 내내 한 번도 생일파티를 열어 본 적이 없었다. 맞벌이 가정인 것도 이유였지만 엄마가 유독 그런 행사를 싫어한 것이 가장 큰 원인이었다. 엄마는 생일파티 그거 뭐하러 하느냐고 말했다. 학생은 공부만 잘하면 됐지 다른 건 다 허례허식이라고 했다. 말은 이렇게 했지만 아마 좁은 집을 내 친구들에게 보여주기 힘들었을 것이다. 내가 유년 시절을 보낸 집은 방 2칸짜리 임대아파트였는데 그곳에서 할머니와 아빠, 엄마 그리고 나, 동생이 살았다. 내 방을 가지지 못한 것은 물론이거니와 누구를 초대할 수 있는 상황도 아니었다.

친구들은 생일만 되면 생일파티를 열고 초대장을 들고 교실을 돌아다녔다. 나는 그게 너무 부러웠다. 한 번은 생일파티를 하지 않는데 한다고 거짓말한 적이 있었다. 엄마가 그 사실을 알게 되었을 때 나를 나무라거나 혼내지 않았다. 대신 생일파티가 그렇게 하고 싶었냐고 물어봤다. 나는 고개를 끄덕였다. 그러자 엄마는 생크림 케이크를 사주었지만 어차피 빨리 배가 차서 한 조각 이상 먹지 못했다. 시간이 지나고 나서야 내 행동이 엄마에게 얼마나 큰 상처가 되었을지 느껴졌지만, 어릴 때는 엄마의 상처보다 생일파티를 열고 생일케이크를 먹고 싶은 내 마음이 더 컸다.

교사가 된 후 내가 만난 아이 대부분은 생일파티를 키즈 카페에서 한다. 그리고 당연히 선물을 받는다. 비단 생일뿐만이 아니다. 요즘은 챙겨야 할 특별한 날이 많아졌다. 핼러윈은 이제 여느 명절 못지않은 연례행사가 되었다. 아이들은 일찍부터 핼러윈 의상을 준비하고 집에서 파티를 열고 친구들에게 포장된 사탕이나 선물을 나눠주기도 한다. 나에게도 자연스럽게 선생님은 어떤 분장을 할 거냐고 물어보기도 한다. 핼러윈이라는 날을 겪어 본 적 없는 나로서는 생소하기만 했다. 특별한 날이 다가올 때마다 나는 나의 어린 시절과 지금이 저절로 비교되고는 했다. 특별한 날, 작은 것 하나라도 선물을 받고 즐거움을 나누는 아이들의 모습에서 행복을 느껴야 할 텐데 약간의 부러움이 섞인 나머지 죄책감이 들기도 했다.

크리스마스 역시 마찬가지였다. 나는 크리스마스 선물을 받아본

적이 없었다. 트리 장식도 해 본 적 없었다. 엄마는 그런 건 우리나라 명절도 아닌데 뭐하러 챙기느냐고 했고 나는 순순히 그 말에 동의했다. 그 때문일까, 나는 크리스마스 시즌만 되면 일부러 더 들뜬 척한다. 어릴 때 엄마가 나에게 했던, 크리스마스는 챙길 필요가 없다는 그 말에 반박하듯 오히려 더 열성적으로 캐럴을 듣고 선물을 주고받는다.

누군가에게는 당연한 것이 나에게는 아닐 수 있음을 나는 초등학교에 입학해서야 알게 되었다. 누군가는 쉽고 당연히 여기는 일이 나에게는 간절할 수 있음을 알게 되었다. 학창 시절 내내 그러한 그늘에서 벗어나기 위해, 내가 하고 싶었던 모든 것을 '별것 아닌 것'으로 치부한 부모의 말을 받아들이기 위해 노력했다. 하지만 성인이 되어서도 쉽사리 벗어날 수 없었다. 나의 유년 시절은 보통의 아이는 공감할 수 없는 일로 가득했고 그래서 언제나 감추어야 한다고 여겼기 때문이다.

교사가 된 후 몇 년 동안 나는 나의 유년 시절이 교사로서는 페널티라고 생각했다. 행복하고 즐거운 유년기를 보내지 못했고 학교를 싫어했으니까. 하지만 매해 아이들을 보면서 생각이 바뀌었다. 이 아이들에게 필요한 것은 유년기야 어쨌든 자기를 사랑해주고 관심을 두는 사람이라는 것을 느꼈기 때문이다. 나의 유년기야 어쨌든, 그저 아이들의 특별한 날에 축하해 주고 함께 기뻐해 주면 나의 역할은 다 한 것이다.

이제야 보이는 것들

수업 시간과 쉬는 시간

학창 시절 귀에 딱지가 앉게 들었던 말이 "쉬는 시간은 그냥 쉬는 게 아니라 다음 수업을 준비하는 시간이다!"였는데, 교사가 되고 나니 내가 똑같이 그 말을 하고 있었다. 1학년 아이들과 함께할 때 "학교에서 어떤 게 제일 재밌어?"라고 아이들에게 물어보니 단연 쉬는 시간이라고 했다. 그리고 단순하게도 4교시 하는 날보다 5교시 하는 날이 더 좋다고 했다. 왜냐하면 쉬는 시간이 한 번 더 있기 때문에. 그만큼 아이들에게 쉬는 시간은 매우 중요하다.

쉬는 시간인 10분 동안 많은 일이 일어난다. 누군가는 운동장으로 뛰쳐나가 축구 게임을 하기도 하고 누구는 술래잡기를 한다. 싸움이 일어나는 경우도 많다. 초등학교 수업 시간은 40분이고 쉬는 시간은 10분이다. 아이들은 1학년 때부터 당연하게 적응하여 학년이 올라갈수록 그 시스템에 불만이 있을지언정 그대로 따른다. 하지만 아이들에게 진짜 필요한 시간은 쉬는 시간일 것이다. 학년이 올라갈수록 더 그렇다.

물론 요즘의 수업 방식은 예전과는 많이 바뀌었다. 많아야 30명 안팎의 아이와 생활하고 모둠 활동, 토론 수업 등 수업 방식도 다양해졌다. 그런데도 나는 내 어린 시절을 생각하면 수업이 즐거웠던 적은 정말 손에 꼽는다. 당연하다. 아무리 즐거워도 수업은 수업이니까.

자발적이지 않은 모든 것은 결국 자유가 아니다. 수업 내용이 아무리 재미있어도 쉬는 시간만큼 아이들에게 만족스러울 수는 없다. 쉬는 시간에는 완벽하게 시간을 마음대로 사용할 수 있는 자유가 있기 때문이다.

특히 학년이 올라가면 올라갈수록 배워야 하는 교과 내용도, 쌓아야 할 지식도 많아진다. 아이들은 수업 시간이 더 괴로워지고 그러다 보면 저절로 학교가 지겨워질 수밖에 없다. 쉬는 시간보다 4배나 많은 수업 시간이 있는데 쉬는 시간이 즐겁다고 해서 학교가 즐거워질 수는 없다.

배워야 하는 교과도, 그 교과의 난이도도 너무 많고 높다. 교사 역시 난감하다. 학교에서 해야 하는 행사들도 치르고 진도도 나가려다 보면 내용이 너무 많아 언제 다 할 수 있을지 고민스러울 때가 많다.

아무튼 압도적인 수업 시간 안에서 진짜 지식은 아이들 머릿속에 차곡차곡 들어가고 있는 걸까. 몇몇 아이에게는 그럴 수 있다. 하지만 대부분 아이에게 그 시간은 그저 빨리 지나갔으면 싶은 지겨운 시간일 뿐이다. 억지로 하는 모든 것은 결국 강요이니까 말이다.

나의 학창 시절을 돌이켜 보면 나는 늘 학교가 싫었다. 공부를 잘해야 한다고 하니 하긴 하는데 도대체 왜 공부를 잘해야 하는지 그 이유를 몰랐기 때문이다. 왜 학교에 가야 하고 왜 수업을 잘 들어야 하는지 나는 이유를 알지 못한 채 '당연히 해야 하는 거라' 여기며 수업을 들었다.

초등학교 5학년이 되자 나는 하는 척하는 법을 익혔다. 눈에 띄게 공부와 멀어졌고 아빠가 엄하게 회초리를 들어도 나는 문제집 푸는 척만 할 뿐 공부는 하나도 하지 않았다. 당연히 시험 점수는 바닥을 쳤다. 갑자기 떨어진 성적에 담임 선생님조차 나를 의아하게 생각했을 정도였다.

하지만 지금 생각해 보면, 그것은 갑자기가 아니다. 학창 시절 내내 은연중에 품어 온 의문인 '왜 공부해야 하지?'에 대한 답을 내가 찾지 못했기 때문이었다.

동기가 없다는 것은 목표가 없다는 것과 마찬가지다. 목표 없는 모든 것은 순간 불타오를 뿐 곧 시들해진다. 저학년 아이들이 자신감을 붙이고 공부하기를 즐거워하는 것은 사실 자기가 습득할 수 있는 수준의 내용이고 수업도 과하지 않기 때문일 가능성이 많다. 고학년이 되면 수업 시간에 대한 동기가 없는 아이들은 결국 언젠가는 목표를 잃고 공부에 손을 놓게 된다. 더 이상 잘 하지도 않게 되고 내용도 어려우니 포기는 더 쉽다.

나 역시 그 과정을 거쳤다. 공부하지 않는다고, 집중하지 못한다고 혼내는 어른들에게 나는 아무 대꾸도 하지 못하고 고개를 숙였지만 마음 속으로는 억울했다. 아무도 나에게 왜 공부해야 하는지 알려 주지 않았으면서 공부하라고 말했다는 것이 억울했다. 나의 부모는 나에게 엄마 아빠처럼 살기 싫으면 공부하라고 했다. 그런데 그건 이유가 될 수 없다. 누군가를 위해, 누군가처럼 되지 않기 위해 공부하는 것은 협박이고 강요이니까. 동기는 자발적으로 필요성을 느낄 때 찾아온다.

학부모와 아이들의 학습 능력에 대한 상담을 자주 한다. 또래와 비교했을 때 뒤처지지는 않는지, 수업 시간에 참여는 잘 하는지에 대한 것이 주된 궁금증이다. 사실 그 질문의 전제는 뒤쳐진다든가 수업 시간에 집중을 하지 못하면 어떻게든 더 강한 강요를 해 보겠다는 것이 아닐까. 학습 능력에 대한 질문을 받을 때마다 나는 덜컥 겁이 난다. 나의 대답으로 아이가 그나마 느끼던 수업 시간에 대한 동기마저 잃게 될 수 있기 때문이다.

장래희망

간혹 아이들은 나에게 "선생님은 원래 꿈이 선생님이었어요?"라는 질문을 하곤 한다. 그만큼 아이들에게 선생님이라는 존재는 당연히 꿈을 이루었을 것만 같은 대상인 셈이다. 뭐든지 다 아는 사람, 모르는 건 뭐든 가르쳐주고 교실에서 대장처럼 무엇이든 마음대로 할 수 있는 사람. 그런 사람이라면 어쩐지 꿈을 그대로 이루었을 거라 생각하는 것도 무리는 아니다.

사실 원래 내가 갖고 싶었던 직업에 초등 교사는 없었다. 초등 교사는 나의 부모가 바라는 딸의 직업이었다. 우리 반 아이들에게 그 말을 사실대로 할 수는 없었다. 그래서 "선생님은 꿈이 정말 많았는데 그중의 하나가 초등학교 선생님이었어."라고 대답한다.

초등학교 저학년부터 교과서에는 직업, 진로와 관련된 내용이 꽤 많이 나온다. 그때마다 아이들이 커서 갖고 싶은 직업에 관해 이야기한다. 유튜버, 아이돌, 축구선수 등 각자 자신이 원하는 직업에 대해 발표하기도 한다. 그때마다 이런 수업 형식은 참 바뀌는 게 없다는 생각이 든다. '갖고 싶은 직업을 주제로 발표하기' 이런 발표가 무슨 소용이 있는가 하는 회의도 든다.

좋은 대학 나와 좋은 기업에 취직해서 돈을 많이 버는 것이 최고의 성공인 시대는 지났다. 하나의 직업을 가지고 안정적으로 살아갈 수 있는 시대도 아니다. 지금 어른들의 가치가 미래의 가치와 동급일 수는 없다. 지금의 초등학생들이 자라 어른으로 살아가는 시대는 원하고 도전하기만 한다면 직업을 몇 개든 가질 수 있다. 굳이 남들이 다 뛰어드는 경쟁에 뛰어들지 않고도 충분히 자기만의 길을 개척할 수 있는 시대이다. 아이들은 원한다면 할 수 있는 것이 너무 많은데 어째서 사회는 아이들에게 할 수 없는 것부터 가르쳐 주는 걸까.

학교라는 곳은 학년이 올라가면 올라갈수록 필연적으로 다수의 실패자를 양산한다. 모두가 한 가지 길, 결국은 '대학'을 향해 달린다. 그 와중에 공부에 뜻이 없는 아이들은 당연히 실패하게 마련이다. 다수의 실패자를 만들어내는 이 구조는 과연 옳은 것일까. 아니라는 것을 다 아는데도 어째서 다른 길은 찾지 않고 모두가 가는 그 한 가지 길만을 향해 달리는 걸까.

직업이 직장과 관련되는 시대도 아니다. 자유로운 창작자가 넘쳐난다. 경쟁에서 벗어나 자신의 길을 살고 성공하는 사람도 많다. 아이들에게 성공한 사례를 말해주며 너도 하고 싶은 게 생기면 꼭 해보라고 하면 될 텐데, 굳이 어른들이 봤을 때 멋져 보이지 않는 직업은 해보라는 언급조차 하지 않는다. 또는 격려하는 척 "그런데 그 직업을 가지면 말이야"라며 토를 단다. 비관은 현실이 아니다. 부모를 포함해 아이들을 대하는 어른들의 사고방식이 바뀌지 않으면 아이들의 꿈은 고리타분해진다.

아이들이 갖고 싶은 직업에 관해 이야기하면 어른들이 말하는 결론은 대부분 한 가지다. "그러니까 공부 열심히 해." 공부에 배신당해 본 어른들은 어째서 아이들에게도 똑같이 배신당하기를 강요하는지.

스무 살을 앞둔 아이

곧 스무 살을 앞둔, 오래전 나와 함께 했던 두 명의 아이가 찾아왔다. 아이라기엔 이제 다 자라 성인 티가 났다. 남자아이 두 명인데, 한 명은 고등학교 자퇴 후 검정고시를 치고 수능으로 대학을 가 벌써 대학교 2학년이었고 다른 한 명은 이번에 수시에 합격해 서울로 가게 되었다고 했다. 수시 합격 후 기쁜 소식을 알려주고 싶어 일부러 찾아왔다고 한다. 나 역시 매우 반갑고 기뻤다. 동시에 어릴 때의 얼굴이 그대로 있는 것이 신기하기도 했다.

두 아이 모두 유달리 어릴 때부터 특기가 눈에 보였다. 한 아이는 과학과 토론을 잘했고 다른 한 아이는 만화를 잘 그리고 스토리를 재미있게 만들어 냈다. 과학을 좋아하고 잘했던 아이는 가정환경이 안 좋아지면서 준비했던 유학을 접었다고 했다. 그리고는 철학과로 진학했다고 한다. 철학에 관심이 생겼고 삶에 관해 궁금했기 때문이라고 한다. 다른 아이는 게임 개발자가 되고 싶어 게임학과에 진학했다고 한다. 그런데 수시를 준비하는 과정에서 우울증이와 종교를 믿게 되었다고 했다. 원래 신을 믿지 않았으나 힘들어서 천주교를 믿기 시작했다는 것이다. 초등학생 때부터 유달리 생각이 깊고 자기 길을 아는 것 같은 아이들이었다. 삶이 어떻게 이렇게 흘러갔는지 신기할 지경이었다.

몇 년 동안 내 삶도 이리저리 휩쓸렸는데 아이들도 학교라는 곳에서 마찬가지 일을 겪고 있었다. 게임학과에 간다는 아이는 심한 왕따를 당한 기억에 아직도 학교가 좋지 않다고 했다. 하지만 혼자 있는 시간이 길었던 덕분인지 자기가 좋아하는 것에 더 몰두할 수 있었다고도 했다. 철학과에 간 아이는 가정환경이 어려워진 이후 다른 친구들보다 뒤처지기 싫다는 생각에 남들보다 빨리 대학에 가기로 결심했다고 했다.

아이들의 말을 들으면서 생각했다. 10대라는 이름이 얼마나 쉽게 평가절하되는지 말이다. 그들이 겪는 시행착오들은 철없다고, 생각이 짧다고 쉽게 후려치기 당한다. 스스로 결정하고 뻗어 나가려는 찰나 빠른 길을 모른다는 이유로, 겪어보지 않아서 철없는 소리나 한다며 그 생각들을 가지치기 당한다. 그리고는 어른들이 말하는 조언 같은 강요에 의해 정해진 길로 내몰린다. 그러나 그 시행착오라는 것이 사실은 얼마나 필요한 시간인지, 한 사람의 가치판단에 얼마나 중요한 영향을 미치는지 지나고 나서야 알게 된다.

나를 찾아온 두 아이의 삶에 관해 듣고 있자니 나는 아이들이 겪는 시행착오들이 보이는 것 같았다. 그들을 간섭하고 싶은 충동이

일었다. "이렇게 해 보면 어때?" "내가 생각할 땐 그건 올바른 답이 아니야"라고 말하고 싶었다. 하지만 아무 말도 하지 않고 듣기만 했다. 아이들의 삶에 지금 이 순간이 얼마나 중요하고 아름다운지 알기 때문이었다. 게다가 그들은 이제 성인이다. 자신의 삶에 중요한 선택을 누구보다 고심해서 내렸을 것이다. 수많은 밤을 고민으로 지새우며 그 결정을 내렸을 것이다. 그들의 밤을 존중한다. 응원하고 격려한다. 이게 내가 믿는 나의 역할이다.

대학이 인생의 전부가 아니라고, 그 학과가 너희 진로를 결정해 주지 않는다고, 너희는 그 좁은 곳에 갇혀 있기에는 너무 큰 나무들이라고 이야기하고 싶었지만 하지 않았다. 나에게 찾아온 아이들은 여전히 한껏 칭찬을 바라는 4학년 아이의 마음이었기 때문이다. 아이들이 수많은 밤 고민한 끝에 이뤄낸 나름의 성과를 실컷 들어주고 칭찬해 주었다. 자랑스럽고, 고맙고, 앞으로도 창창하길 바란다고 말했다. 너무 공부나 아르바이트에만 몰두하지 말고 너희가 4학년 때 그랬듯 마이웨이 정신으로 살기를 바란다는 말도 했다.

"선생님, 우리 이제 아메리카노 마셔요. 우리 이제 어른이에요."

이 말을 하는 아이들에게 나의 조언은 필요 없었다. 두 아이가 돌아간 후, 나는 이상하게 씁쓸했다. 아이들의 앞날이 기대만큼 빛나기만 하지는 않을 거라는 어떤 직감 때문이었다. 가정환경은 쉽사리 나아지지 않을 것이고 우울증도 쉽게 낫지 않을 것이다. 대학 합격 후에 기적적으로 등록금이 어디서 떨어지는 것도 아니고 안락하게 생활할 수 있는 집이 덜컥 구해지는 것도 아니다. 순간의 기쁨이 인생 모든 것의 약일 수는 없다.

빈 교실에서 마음속으로 아이들에게 이야기했다. 힘들면 언제든 연락해도 좋아. 오늘과 같은 기쁨이 아니더라도 너희의 삶이 힘겨운 순간, 그것에도 공감하고 들어줄게. 지금의 선택에 관해 후회하는 날이 오더라도 그 순간의 고민마저 얼마나 귀한지 이야기해 줄게. 그리고 혹시 어느 날 나에게 삶의 어떤 순간들에 관해 물어보는 날이 온다면, 그때 내가 너희에게 적절한 말을 해줄 수 있기를. 그날이 왔을 때 절대 미적지근하고 그저 그런 대답을 하는 사람이 아니기를. 그날을 위해 나는 더 나은 어른이 될게.

아마 한동안 두 아이 모두 대학 생활에 취해 있을 것이다. 자주 연락하고 찾아오겠다는 말은 지켜지지 못할 것이다. 이런 상황이 아프지 않다. 다만 이미 아이들이 직면한 현실이지만, 등록금이니 학자금 대출이니 생활비니 하는 현실적인 문제들이 아이들의 열망이나 꿈을, 빛나는 의지를 너무 심하게 꺾어버리지 않기를 바란다.

나는 그저 하루 동안 그 아이들의 기쁨에 동조하는 것으로 내 역할을 다했다. 앞으로의 삶은 모두 두 사람 각자의 몫이다.

내일은 괜찮아질 거야

발표

유난히 부끄러움이 많은 아이가 있다. 그 아이는 친한 친구 몇 명과는 이야기를 잘하고 재미있게 놀지만 유독 발표만은 꺼리는 아이다. 그렇다고 그 아이가 공부에 뒤처진다거나 다른 학교생활에 문제가 있는 것은 아니다. 누구보다 수업 시간 과제를 잘 해내고 다른 사람을 방해하거나 괴롭히는 행동도 하지 않는다. 그 아이가 불편해하는 것은 단 하나, 발표해야 하는 상황이다.

부모님 중에서도 유독 내 아이가 발표는 잘하는지 물어보는 분이 많다. 발표라는 것이 어른들에게는 '학교생활을 얼마나 적극적으로 해나가고 있는가'라는 지표이자 척도인 것 같다. 한때는 아이들에게 억지로 발표를 시키기도 했다. 나 역시 그런 믿음이 있었기 때문이다. 다른 친구 앞에서 발표해보는 경험이 아이에게는 매우 중요하다고, 그런 경험들이 아이의 자존감에 영향을 미친다고 생각하면서 말이다.

그러한 발표 신화는 어디서부터 어떻게 만들어진 것일까. 사실 내가 초등학교 다닐 때부터 발표가 중요하다는 인식은 팽배했다. 담임 선생님들은 어떻게든 말 없고 소극적인 나를 발표시키려고 애썼다. 마치 발표하는 연습을 하면 언젠가는 내가 적극적인 아이가 될 것이라 믿는 것처럼, 그게 사실인 것처럼 말이다. 하지만 나는 발표가 싫었다. 답을 몰라서라거나 내 생각이 없기 때문이 아니었다. 내가 발표하면 모두가 안 들린다고, 더 크게 말하라고 했다. 그리고 모두가 날 주목하는 상황도 부담스러웠다. 손을 들고 일어나서 의자를 밀어 넣고 의자 뒤에 선 후 존댓말로 해야 하는 모든 과정이 싫었다. 그냥 내 의견을 말하는 것이 발표라면, 답을 말하는 것이 발표라면 어째서 꼭 자리에서 일어나서 어느 정도 형식을 갖추어서 해야 하는 것일까.

　요즘은 발표하는 형식도 다양하다. 하지만 중요한 맥락은 같다. 누군가의 앞에서 몸으로든 말로든 표현해야 한다는 것. 이런 모든 과정이 어려운 아이들이 여전히 있다. 그건 아이들을 탓할 수는 없는 문제다. 왜 이렇게 소심하냐고, 이래서야 앞으로 학교생활 잘하겠냐고 탓한다고 해서 아이의 성격이 바뀌는 것은 아니다. 하기 싫다는 아이를 억지로 끌어다가 발표시키는 것에 나는 언젠가부터 거부감이 들었다. 내가 어릴 때 그 모든 과정을 싫어했기 때문이다. 어느 순간 아이들을 보며 알게 되었다. 발표가 내 인생에 그다지 큰 도움이 되지 않았다는 것을 말이다.

　때로 교사라는 나의 입장이 내 권위를 스스로 높이기 쉽다는 생각이 든다. 나는 아이들을 내가 원하는 아이로 만들 수는 없다. 나의 말 한마디가 아이의 성격까지 바꿀 수는 없다.

내 교실의 아이가 답답한 순간이 없는 것은 아니다. 발표하지 않는 것은 어찌 보면 함께 수업해야 하는 다른 아이들 입장에서는 당황스럽기도 하다. 교실에서 이루어지는 수업에는 개인 활동도 있지만 짝과 함께 하는 활동, 모둠 활동도 있기 때문이다. 그렇다 하더라도 나는 굳이 싫다는 아이는 발표시키지 않는 것이 낫다고 생각한다. 발표하면, 자기 생각을 다른 사람 앞에서 표현하면서 자신감이 생기고 의사 표현 능력도 신장한다고 한다. 그리고 다수의 앞에서 정답을 말할 경우 자신감이 생기고 자존감이 높아진다고도 한다. 그런데 여기서 한 가지 의문점이 있다. 정말 아이들의 자신감과 자존감을 위한 것이 발표라면, 어째서 발표에는 형식이 있어야 할까. 그리고 어째서 모두가 자기표현을 남들 앞에서 잘해야 할까.

자기가 정말 관심 있는 분야에 대한 이야기는 기회가 주어진다면 누구나 잘하게 된다. 아직 어린아이들에게 수업 내용을 이해했는지 질문하고 답하는 형식의 발표는 모두가 잘 할 필요는 없다. 그 수업이 아이에게 관심이 있고 중요하다 여겨진다면 아이는 충분히 참여할 것이다. 어른들이 억지로 끌어내려 하지 않아도 아이들은 스스로 자기들의 표현 방식을 찾아낸다.

내 교실의 아이는 어느 날 나에게 편지를 적었다. '저는 발표가 이상하게 너무 부끄러워요. 말 안 듣는 아이처럼 행동해서 죄송해요. 선생님이 싫은 건 아니에요.' 편지에는 이렇게 적혀 있었다. 나는 그 편지를 받고 매우 부끄러웠다. 최대한 배려했다고 생각했는데도 나는 아이에게 은연중에 당황스러운 표시를 내었다는 것을 알게 되었기 때문이다. 아마 모둠 활동을 할 때 몇 번 발표를 해 보겠냐고 권유한 것이 아이에게는 강요로 느껴졌던 것 같다.

그 편지를 받고 나서 나는 아이들에게 더 이상의 발표 강요는 하지 않기로 마음먹었다. 누군가의 앞에서 의견을 큰 목소리로 얘기하지 못하는 것이 학교생활의 척도일 수는 없다. 내가 본 발표 못하는 아이들은 문제의 답을 모르거나 이해력이 부족하거나 자기 생각이 없는 것이 아니었다. 그저 아직 준비가 되지 않았을 뿐이었다.

자존심

어릴 때 나는 자존심이 센 아이였다. 아무도 나의 자존심에는 관심이 없었지만. 나는 누군가가 나를 불쌍하게 보는 것이 싫었다. 내성적이고 소심하고 친구도 없지만 누가 나를 사랑해주기를 바랐다.

이런 내 자존심을 가장 상하게 한 존재는 단연 엄마와 학교였다. 엄마는 나에게 밝은 아이가 될 것을 강요했다. 학교에 상담만 가면 담임 선생님이 너무 내성적이라 걱정이라고 했다며 제발 잘 웃고 밝게 행동하라고 했다. 하지만 그게 말처럼 쉬운 일은 아니었다. 엄마가 부탁한다고, 선생님이 노력한다고 내성적인 성격이 하루아침에 고쳐지는 것은 아니다. 나는 학교에 다니는 내내 그 꼬리표를 떼어내지 못했다.

아이들의 자존심은 어른들에 의해 쉽게 간과되고는 한다. 그리고 때로 어른들의 배려는 아이들에게는 친절한 강요가 되거나 오히려 아이들의 자존심을 다치게 한다. 초등학교 다닐 때 내가 만난 담임 선생님 중 몇몇은 나의 내성적인 성격을 지나치게 걱정한 나머지 어떻게든 나를 바꿔보려고 했다. 그리고 그 친절이 나는 부담스러웠다. 나를 향한 배려임을 모르는 것은 아니었지만 그게 다른 친구도 다 있는 공간에서의 배려라면 나에게 그 선의는 더는 배려가 아니었다.

내가 가장 자존심 상하는 순간은 역시 친구와의 관계에 어른이 개입할 때였다. 누군가와 함께하고 싶지만 먼저 다가가기는 싫었던 나는 늘 혼자 있는 경우가 많았다. 담임 선생님들은 혼자 있는 나를 내버려 두지 않고 꼭 누군가와 짝을 지어주려 했다. 나는 그 무리 안에서 당연히 겉돌았다. 선생님들의 노력을 모르는 바가 아니다. 다만 너무나 티 나게 "왜 혼자 놀아? 이리 와!" 하며 내 팔을 잡아끌고 무리에 넣는 행위가 친구들에게도 나에게도 도움이 되지 않았다. 친구들은 놀고 있는 상황에서 나를 새로 끼워 넣어야 하니 난감해했고 나 역시 원치 않는 상황에 부닥쳐진 것이 힘들었다. 모두가 불편했기 때문에 그 친구들과는 절대 친해질 수 없었다.

선생님들은 친구들이 있는 자리에서 나에게 "일어나서 발표해 볼래?" "네 생각을 말해 볼래?"라고 친절하게 이야기했다. 하지만 나는 그 친절한 말에 담긴 의미보다는 반 아이 모두 나를 쳐다보고 있다는 것밖에 신경 쓰이지 않았다. 반 아이 모두 나를 바라보는 그 순간, 나는 괜한 자존심이 발동했다. 어떻게든 입을 떼지 않고 버티면서 그 순간이 지나기만을 바라는 것이다. 그리고 선생님이 한숨을 내쉬며 내 앞을 지나가면 친구들을 향해 고개 돌리지 않고 그대로 자리에 앉았다. 그때는 불편한 상황에 대한 외면이 내 자존심을 지키는 나의 방식이었다.

교사가 된 후, 나 역시도 아이들에게 어른 위주의 배려를 베푼 적이 많다. 어릴 때 내가 겪었던 것처럼 내성적인 아이들의 발표를 끌어내기 위한 상황일 수도 있고 급식 시간일 수도 있다. 또는 나도 모르게 아이들 사이의 관계에 끼어들 수도 있다.

하지만 아이들은 내가 담임 선생님이라는 이유로 그 모든 권위를 인정한다. 생각해 보면 나와 같은 성격을 가진 아이들에게 나의 행동은 강요나 다름없었을 것이다. 권유와 강요는 그 말을 하는 상대에 관한 마음에 따른 한 끗 차이다. 나는 그 아이들에게 어떤 사람으로 비춰졌을까. 어쩌면 어릴 때의 나와 같이 담임 선생님의 모든 말이 강요로 들렸을 수도 있을 것이고 어쩌면 그 말을 들어 주고 싶은데 제대로 해낼 수 없는 자기 자신을 비하했을지도 모른다. 어찌 되었든 모두가 불편한 상황이다.

어릴 때의 나는 내가 어른이 되면 좀 더 섬세하게 행동하겠노라고 생각했지만, 막상 어른이 되고 보니 쉽지 않았다. 나 역시도 눈앞에 보이는 문제를 어떻게 하면 좀 더 쉽게 해결할지 고민하고 아이들은 뭐든 금방 잊을 거라 생각하는 그런 어른 중의 하나가 되어 있었다.

학예회

          학예회를 연습하면서 의도치 않게 아이들에게 상처를 주게 되는 경우가 있다. 한정된 시간 내에 연습을 마쳐야 한다는 생각에 최대한 효율적으로 하려다 보니 무안을 주게 될 때도 있다. 내가 초등학교에 다닐 때, 학예회를 열면 가장 싫었던 것은 끊임없는 반복 연습이었다. 내가 정한 것도 아닌데 나는 단체에 속했다는 이유로 무대에 올라가야 하고, 하기 싫은 동작을 하며 춤을 추거나 악기 연주를 해야 했다. 연습하는 동안 담임 선생님은 늘 화가 나 있었고 한 명씩 나와 검사를 받게 하며 잘못된 부분을 지적했다. 지금 나의 모습도 별반 다르지 않다.

    평소에는 못해도 괜찮다고 하면서 학예회 연습 기간만 되면 예민해진다. 교사의 입장에서는 무대에 올라 허둥지둥하며 부끄러워하는 아이들의 모습보다는 기왕이면 연습을 열심히 잘해서 자랑스러워하는 아이들의 모습을 보길 원하기 때문이다.

    수업 시간을 할애해 연습하다 보면 아이들도 나도 지치게 된다.

처음엔 호기심에 열심히 하던 아이들도 계속해서 반복하다 보면 질려서 하기 싫어한다. 지친 아이들에게 억지로 동작을 하게 시키는 것도 진이 빠지는 일이다. 그러다 보면 나도 화가 난다. 도대체 왜 수업 시간에 이런 행사 연습을 하고 있어야 하는지. 교과 진도를 다 나가지도 못했는데 하루에 한두 시간씩 학예회 연습에 시간을 쓰려니 그 시간이 너무 아깝기도 하다.

때로는 학예회가 아니라 이름을 바꾸어 '성과 발표회'라고 부르기도 한다. 그러면서 지금껏 배운 것을 조금만 다듬어 무대에 올리면 된다고, 부담 갖지 않아도 된다고 한다. 하지만 이름이 무엇이든, 어떤 방식으로 진행되든 그것은 학교에서 중요한 하나의 행사이고 그 순간 아이들과 교사에게는 부담이 된다. 시간도 부담이고 연습도 부담이다.

배운 내용을 다듬어 무대에 올라가면 된다는 그 말이 아이들에게 부담을 덜어줄까? 아니다. 입장 바꿔 생각해 보면 배운 것을 다듬는 그 과정 자체도 귀찮고 무대에 올라가는 것 자체가 이미 부담이다.

학교의 꽃은 교실이라고들 한다. 교사와 아이들, 그중에서도 아이들이 주인이라고 한다. 하지만 어째서 학교의 모든 교육 방향은 교실을 제외하고 결정되는 것일까. 이런 생각을 하다 보면 학교의 행사들에 반발심이 든다. 참여하고 싶지 않고 연습을 시키고 싶지도 않다. 하지만 어쩔 수 없다. 이 모든 것은 학교에서 결정된 교육 내용이기 때문이다.

음악을 틀고 연습을 하는 내 교실의 아이들을 바라보았다. 몇몇은 매우 열성적이었고 몇몇은 동작을 외우지 못해 허우적거렸다. 곁눈질로 어떻게든 따라 하려는 아이도 있고 이미 의욕을 상실해 대충대충 큰 동작만 따라 하는 아이도 있다. 내 어린 시절은 어땠었나. 나는 담임 선생님에게 혼날까 봐 동작은 못 외웠지만 곁눈질로 어떻게든 따라 하려는 아이였다. 선생님은 내가 동작을 못 외웠다는 것을 귀신같이 알아채고는 늦게까지 남아 연습을 시키곤 했다. 신기하게 학예회 전까지 동작은 외워져 있었고 나는 별 실수 없이 늘 학예회를 마무리했다.

나는 내 어린 시절을 떠올리고는 갑자기 마음이 놓였다. '그래, 나 같은 애도 했는데 어떻게든 되겠지!'라는 생각이 들었다. 솔직히 말하자면 이 모든 것은 어른들 눈에 멋져 보이려는 노력일 뿐이니 아무 의미 없다는 생각도 든다. 누군가의 눈에 멋져 보이기 위해 학교를 다니는 것은 아니니까. 아이들은 어떻게든 나름의 방식으로 이 '위기'를 극복해 나갈 것이다. 나의 역할은 그저 아이들의 나날을 조급함 없이 지켜보는 것이다.

성과

아이들이 점심밥 먹고 쉬는 시간에 나를 급히 불렀다. 무슨 일인가 싶어 교실로 가보니 교실을 가로로 가로질러 기다랗게 도미노가 놓여 있었다. 한쪽에는 젠가로 엄청 높은 탑도 쌓여 있었다. 한 남자아이가 "하나, 둘, 셋!" 하더니 도미노 한쪽을 밀었다. 도미노는 막힘없이 교실을 가로질러 드르륵 스러졌다. 단 한 번의 막힘도 없이 도미노가 쓰러지자 아이들은 기쁨의 환호성을 질렀다. 나도 같이 크게 웃었다. 뭐가 그렇게 즐거웠는지 모르겠는데 그 순간 정말 깨끗하게 즐거웠다.

아이들이 선생님 키보다 높은 젠가를 쌓았다길래 보니 정말 높긴 높았다. 기념사진도 찍고 한참 웃다 보니 신기했다. 가장 길게 도미노를 놓고 가장 높게 탑을 쌓기 위해 스무 명이 넘는 아이가 쉬는 시간 내내 싸우지도 않고 협동하다니.

어쩌면 학교에서 수업을 통해 협동을 가르치는 것은 정말 무의미한 일인지도 모른다. 아이들은 이렇게 놀면서 알아서 배우는데.

필요할 때면 알아서 협동을 하는데.

아이들의 성과는 주로 어른들이 확인해 준다. 가까운 어른, 이를 테면 부모나 담임 교사에게 받는 인정이 성과가 된다. 때로는 그 성과에 객관적인 증거물도 있다. 예를 들면, 태권도 승급시험, 줄넘기 급수, 한자 급수 등등. 어른들이 정한 기준에 맞추어 일정한 성과를 내면 통과하는 형식이다. 기준을 넘지 못하면 불합격이다. 인정받지 못했으니 다시 시작해야 한다.

아이들은 생각보다 동급생이 받는 상장에 예민하다. 다수의 앞에서 인정받고 싶어 하기 때문이다. 상장과 인증서의 의미는 절대 자기만족이 아니다. 혼자 상장을 보고 만족하는 아이는 없다. 다른 친구들 앞에서 받는 상장이 의미 있는 것이다. 다른 아이들보다 앞서 나가는 것이 의미 있는 것이다. 다른 친구들 모두가 줄넘기 1급인데 혼자 9급이라고 좋아할 아이는 없다.

학교의 기준은 너무나 익숙하게 어른들의 성과 위주이다. 정량화할 수 있는 것들을 평가한다. 줄넘기든 영어든 모든 것에 급을 나눈다. 굳이 그러지 않아도 아이들은 학교에서의 매 순간 자신의 위치를 확인하는 데 익숙하다. 잘하는 소수의 아이를 위해 다수의 아이가 들러리가 될 필요는 없는데 모두 들러리가 되는 것에 익숙하다.

그러면 학교에서 배운 학습은 무엇으로 평가하냐고, 아이들의 학습 능력 파악이 어렵다고 불만을 토로하는 어른도 많다. 몇몇 학부모는 나에게 반에서라도 시험을 쳐서 객관적인 학습 능력을 알게 해달라고하기도 했다.

내가 초등학생이던 시절, 초등학교에서도 치열하게 시험을 쳤던 시기의 아이들이 점수로 인해 학습 능력 파악이 잘 되어 다들 성공한 건 아니다. 어른들의 높은 기준에 의해 평균 80점도 부족하고 무조건 95점 이상은 되어야 잘했다는 소리를 들을 수 있었다. 지금 와서 생각하면 평균 80점도 잘한 점수다. 학습 능력이 있는 편이다. 그런데 어째서 더 높은 등급이 남았는데 이것밖에 못 하고 멈춘다고 아이들을 후려치기 하는지. 그럴 정도로 어른들은 아이들에게 공부에 대한 동기유발을 해 준 것도 아닌데. 오히려 공부를 못했을 때 생길 수 있는 온갖 무시무시한 일에 관한 이야기를 머릿속에 심어주며 협박이나 했을 것인데.

줄넘기 500개를 넘는 아이도, 줄넘기 1,000개를 넘는 아이도 모두 줄넘기 잘하는 아이다. 굳이 급을 나누어서 1,000개를 넘어야만 최고 등급이 된다는 기준을 만드는 이유는 뭘까. 딱 하나다. 1,000개 하는 아이가 기분 좋아지라고. 부러우면 너도 1,000개 넘으라고 강요하는 것이다.

쉬는 시간에 놀이하는 아이들을 보면 알 수 있다. 아이들은 삶에 필요한 능력, 즉 '함께 하는 법', '문제를 해결하는 법' 등은 스스로 배운다. 필요한 순간 몰두하여 한 번에 습득하기도 한다. 교실을 가로지르는 가장 긴 도미노를 만들기 위해 아이들은 책상을 밀고 쓰레기를 치우고 형태를 구성하고 함께하는 수고로움을 감수했다. 이 아이들을 어떻게 집중력 부족이라고, 산만하다고, 게으르다고 할 수 있을까. 그냥 수치화된 기준들이 흥미 없을 뿐이다.

그런데도 교사를 꿈꾸는 이에게

　　이 글을 읽는 이 중에는 나와 같이 아픈 유년기를 보낸 이, 내면의 아픔을 간직한 채 '안정적인 직장'을 찾는 사람도 있을 것이다. 가난한 유년기를 보내고 '가족의 기대'를 짊어진다는 것은 어찌 보면 억울한 일이다. 그런 환경에서는 내가 선택할 수 있는 진로의 폭은 확연하게 줄어들고 내가 좋아하는 것, 잘하는 것을 찾는 과정도 사치가 되어버린다. 그리고 당연히 '안정성'을 최우선으로 하게 되기도 한다.

　　누군가는 여자 직업으로 교사가 최고라는 말을 할지도 모르겠다. 적당히 안정적이고 육아와 출산에서 비교적 자유롭고 경제적으로 독립할 수 있는, 말 그대로 '여자 직업으로 적당'하다고 말이다. 하지만 이렇게 겉으로 보이는 것들이 교사라는 직업의 전부는 아니다. 각오해야 할 것이 많다.

　　교사는 사람을 많이 마주하는 직업이다. 함께 하는 아이들은 물론이고 아이들의 보호자인 학부모, 동료 교사, 학교의 관리자. 이 모든 사람과 함께 직장 생활을 한다고 생각해야 한다. 사회성이 어느 직업군보다도 더 많이 요구된다. 아이들은 나에게 어느 정도의 통솔력과 친절함을 요구할 것이고 학부모는 내가 그들만큼이나 아이들을 1순위로 생각하길 원할 것이다. 학교는 수업만 하는 곳이 아니라 행정 업무도 해야 하는 곳이다. 행정 업무를 함께 하는 동료들에게 폐가 되지 않아야 한다.

사람이 하는 일이 그러하듯, 교사도 사람이기에 실수를 한다. 하지만 교사에게 요구되는 사회적인 잣대는 생각보다 굳건하고 촘촘해서 순식간에 그 실수로 인해 '무능력한 교사'가 되어버리곤 한다.

십 년 동안 교사 생활을 하면서 나는 많은 실수를 했다. 학부모의 민원도 많이 받았다. 동료들과의 관계에서 중심을 잡지 못해 껄끄러워진 경우도 있었다. 수많은 실수를 통해 '안정성'만 보고 선택한다면 더 큰 것을 놓치게 될 수 있다는 것도 알게 되었다.

누군가인 사람들의 말만 듣고 교사를 꿈꾼다면 더 중요한 것을 볼 수 있기를 바란다. 교사라는 직업은 다른 어떤 조건들보다도 사람들과의 관계를 통해 그것을 거울삼아 배울 각오가 되어 있다면 정말 좋은 직업이다.

나와 같이 소심하고 내성적이고 누군가와의 관계에서 상처가 많은 사람이라면 더 큰 각오를 해야 하는 것은 당연하다. 마주하는 많은 사람이 잊고 싶은 순간들을 떠올리게 할 것이고 나의 상처를 헤집고 들춰낼 테니까. 그렇지만 그것이 교사가 되어서는 안 되는 이유가 될 수는 없다. 오히려 그것은 내면을 성찰하고 앞으로 나아가는 밑거름이 된다.

스스로를 앞으로 나아가게 할 용기만 있다면, 누군가를 통해 나를 반추할 정도의 용기만 있다면 교사라는 직업은 나에게 큰 도움이 될 것이다. 특히 나와 같이 아픈 유년기를 보내고 상처를 가진 사람이라면 더더욱. 용기를 내어 그렇게 앞으로 나아가다 보면 어느 순간 알게 된다. 내가 나의 상처를 거름으로 삼아 같은 상처를 지닌 사람에게 공감과 위로를 줄 수 있는 사람이 되었다는 것을. 그리고 힘든 유년기를 보내는 아이들에게 손 내밀 수 있는 교사가 되었다는 것을.

밝고 사회성이 좋은, 상처 없는 사람만이 좋은 교사가 되는 것은 아니다. 오히려 힘든 유년기를 보낸 누군가가 진솔한 교사가 될 수 있다. 그러니 혹시 자격이 없어 보여 고민하는 누군가가 있다면, 포기하지 않았으면 한다. 나의 상처가 별 것 아닌 것이 되는 때가 온다.

이야기를 마치며

이야기를 마치며

앞으로가 더 행복하기를

때로 아이들을 보면서 내 애정 욕구가 얼마나 큰
지 알게 된다. 우리 반 아이들이 나에게 의지할 때, 내가 필요할 때
묘하게 기분이 좋다. 내가 그 아이들을 위해 무언가를 해주면서 사
실 나도 그 이상의 사랑을 받는다. 아이들은 하나를 주면 온 마음
을 내어준다. 교실 바닥에 떨어진 연필을 주워주며 따뜻하게 웃기
만 해도, 사소한 일상의 이야기를 들어주기만 해도 아이들은 어느
새 온 마음을 나에게 내어준다. 온 마음으로 나를 믿는다.

예전에는 이 아이들에게 내가 최고의 선생님으로 기억되었으면
좋겠다는 유치한 생각을 했다. 내가 너희에게 좋은 사람이었기를,
잊지 못할 사람이기를, 사랑받을 만한 사람이기를 바랐다. 그것으
로 교사로서 내 위치를 검증받으려 했다.

복도 벽에 붙은 모기를 신발로 내리쳐 잡으려는 아이를 보았다.
나도 모르게 '아, 저 벽화에 신발자국 나면 안 되는데'라는 생각이

스쳤고, 모기 잡지 말고 놔두자고 아이에게 말했다. 아이는 날 보고 모기를 한 번 보더니 "너 오늘 선생님 덕에 살았다."라고 했다. 아마 내 말이 모기가 불쌍하니 놓아주자는 소리로 들린 것 같았다.

아이의 말이 너무 사랑스럽고 귀엽다가 무심결에 내가 한 말 한 마디가 아이들에게 어떤 영향을 미쳤을지 생각했다. 나를 무조건 믿는 아이에게 나는 어떤 말과 행동을 했는가.

모든 사람은 유년기의 영향을 받는다. 아픈 유년기를 보낸 나와 같은 사람이 아이들과 함께 하는 직업을 가지게 된 것은 어떻게 보면 큰 행운이었다. 덕분에 나는 과거의 나를 돌이켜 볼 수 있었고, 그 아이들에게 내가 누리고 싶었던 어린 시절을 작게나마 경험하게 해 줄 기회도 얻었다.

"처음 교사가 되었을 때, 나는 사랑이 고파서 너희에게 잘해줬을 뿐이야." 언젠가는 이 말을 솔직하게 할 수 있을 때가 올까. 좋은 선생님으로 기억되기 위해 나도 너희들 앞에서 연기하듯 생활했었다고. 너희가 집에서보다 내 앞에서 더 인정받으려 하듯, 더 잘하려 하듯, 나도 그런 날들이 많았다고.

지금껏 내가 만난 수많은 아이는 모두가 내 내면의 거울들이었다. 그리고 그 아이 모두에게 나는 어느 정도 연기를 했다. '나는 이렇게 좋은 사람이란다. 무섭지 않은 착한 사람이란다. 그러니 나에게 좋은 학생이 되어주렴. 나에게 사랑을 주렴.' 이게 진짜 내 속마음이었다.

'좋은 선생님'이라는 명함을 갖기 위해 그동안 나는 얼마나 애쓰며 살아왔는지. 내가 사랑이 넘치는 사람이라면 그렇게 애쓰지 않아도 저절로 상대는 그것을 느낄 것인데, 쥐어짜 낸 노력을 스스로도 진짜라 믿을 정도로 보이는 것에 애쓰며 살았다. 이제야 드디어, 아이들을 보면 다른 마음이 든다.

'너희의 앞날에 나보다 좋은 선생님이 많기를. 좋은 사람도 많이 만나기를. 앞으로의 날들이 지금보다 행복하기를. 너희들 덕분에 나는 더 좋은 사람이 될 수 있었어. 정말 고마워.'

이 마음이 들기까지 오랜 시간이 걸렸다. 이제야 출발선에 선 기분이다. 그 선은 오랫동안 내가 바라왔고 내가 도달하길 기원했던 곳이기에 의미가 크다. 남들보다 빨리 취직은 했지만 어른은 늦게 된 기분이다. 그렇게 고민하고 찾은 내 자리이기에 더욱더 소중하기도 하다.

지금 누군가 나와 같이 힘든 유년기를 보내고 있다면, 누구 하나 진짜 나의 마음에는 관심도 없는 것 같고 홀로 견뎌내고 있는 기분이라면, 절대 당신은 혼자가 아님을 기억하기를. 그 순간이 언젠가 당신을 보석처럼 빛나게 만들어 주리라는 것을 믿어 보기를 바란다. 수많은 고민 끝에 발걸음을 옮길 때마다 당연히 자신의 자리에 가까워지고 있다. 시간이 얼마나 걸리든 당신이 고민 끝에 선택한 곳은 잘못된 길이 아니니 안심하기를.

모두에게 도움이 되는 이야기는 아니겠지만,
누군가에게는 분명 위로가 될 이야기.
앞으로의 삶은 모두 각자의 몫이지만,
어제를 버텨 오늘을 맞이한 나의 이 이야기가
당신의 가슴에 내일의 괜찮음으로 닿기를.
내 상처가 별일 아닌 것이 되는 순간이 올 때까지
당신에게 오늘을 버틸 힘이 되기를.

어제를 버텨낸 어느 초등 교사가 전하는 오늘의 위로

내일은 괜찮아질 거야

초판 1쇄 인쇄 2021년 1월 20일
초판 1쇄 발행 2021년 1월 27일

지은이 한여름
펴낸이 장선희

펴낸곳 서사원
출판등록 제2018-000296호

주소 서울시 마포구 월드컵북로400 문화콘텐츠센터 5층 22호
전화 02-898-8778
팩스 02-6008-1673
전자우편 seosawon@naver.com

블로그 blog.naver.com/seosawon
페이스북 www.facebook.com/seosawon
인스타그램 www.instagram.com/seosawon

총괄 이영철
책임편집 이소정
마케팅 권태환, 강주영, 이정태
디자인 최아영

ⓒ한여름, 2021

ISBN 979-11-90179-61-4 03810